いのちの姿　完全版

宮本　輝

JN211148

集英社文庫

いのちの姿　完全版　目次

いのちの姿　完全版

兄

大学を卒業して広告代理店に就職した私は、二週間の研修期間を終えると、企画制作部という部署に配属となった。デザイナーやカメラマンやコピーライターがいて、他の部署とは異なる雰囲気で、社内でもそこだけ治外法権といった趣きがあった。

三日目にデザイナーが私を呼び、机の上に並べてある十数枚の写真のなかからいちばんいいと思えるものを選べと言った。ある不動産会社の売り出す分譲マンションのパンフレットに使う写真選びで悩んでいるのだという。

私は、若い夫婦と幼い娘が高台からの風景を眺めている写真を選んだ。するとデザイナーは、みんなもこれがいいと言うので困っているのだと腕組みをしたまま大きく溜息《ためいき》をついた。そして、広告業界では、人のうしろ姿を使うのは一種のタブーなのだと教えてくれた。うしろ姿というものは、どのような使い方をしても寂しいのだ、と。

私はなるほどと思い、うしろ姿にはどうしても「去って行く」という印象がつきまとうのであろうと納得した。しかし、いつのころからか、私は人のうしろ姿に惹《ひ》かれるようになった。誰かを思い出すとき、私は決まってその人のうしろ姿を心に甦《よみがえ》らせることから始める。

母は二十歳のとき最初の結婚をして、すぐに男の子をもうけたが、その子がまだ乳呑《ちの》み児《ご》のときに離婚した。夫の酒癖の悪さは並外れていて、それに耐えられなかったのだという。子は夫のもとに残していき、生涯二度と逢《あ》わないというのが嫁ぎ先の求める離婚の条件だった。

母はそれから約十年後に再婚して、三十六歳のときに私を産んだ。だから私には十五、六歳上の種違いの兄がいるのだ。ひとりっ子の私にとってはたったひとりきりの血のつながる兄である。

後年、年老いた母に、私は、先夫のもとに残してきた自分の子に逢いたくはないか、もし逢いたいなら、逢ってきてはどうかと訊《き》いた。

逢いたいと思ったことは一度もない。生涯逢わないと約束したし、またほんの少しでも逢いたいという心が生じたこともないと母は言った。

「ぼくに遠慮はいらんで」

私の言葉に、どんなに自分のお腹《なか》を痛めて産んだ我が子であっても、自分で育てなければ親子にはなれないものなのであろうと母は微笑《ほほえ》みながら決然と言った。その言い方には、この話題はこれで終わりだという含みがあった。

母は平成三（一九九一）年に七十九歳で死んだ。その翌年、私は若いころにお世話になった方の重病をしらされ、入院中の神戸の病院に見舞った。

見舞いを終え病院を出て、しばらく歩くうちに、そこが母の先夫の家があったところだと気づいた。私は母の口から、先夫の家の住所も先夫と子の名も聞かされていたのだ。私がそれを覚えていたのは、珍しい姓だったのと、そこが昭和二十（一九四五）年の神戸大空襲ですべて焼き尽くされた地であることを知っていたからだ。

空襲で焼かれてしまっても、戦後に家を建て直して、ずっと住みつづけていることも考えられる。私はそう思い、いわばちょっとしたいたずら心を起こして、民家の表札を一軒一軒見て歩いた。すると十分も歩かないうちに、その滅多にない珍しい姓が書かれた表札に行き当たったのだ。

古い二階屋で、小さな門扉と玄関までの二メートルほどの細道に幾つかの鉢植えの植物が並んでいた。

私は妙にうろたえてしまって、いったんは足早にそこから去ったが、不意に私は、種違いの兄がいかなる容貌の持ち主であるのか、知りたくてたまらなくなった。私と似ているだろうか……。

母の親戚筋の人々には、みな共通した特徴がある。細面で、日本人離れした細くて高い鼻梁《びりょう》と尖《とが》った鼻先。男も女もその点だけは奇妙なほどに似ているのだ。お前もそこが似ていたらかなりの美男子なのに、と子供のころ母方の親戚の人に言われたものだった。そこだけ父親に似てしまったなァ、と。

私は、その家の前に戻り、怪しまれないように行き過ぎて、わざわざ病院の近くまで戻り、再び同じ道を引き返した。そんなことを五、六回繰り返した。

そうしているうちに、私は自分が母の意に反したことをしていると感じた。もうやめようと決めて、その家の前を通り過ぎたとき、犬をつれた初老の男が出て来た。

男の顔は見えなかった。待ちあぐねた散歩に歓《よろこ》ぶ犬に引っ張られて、男は私を小走りで追い越し、四つ角を山手のほうへと曲がって行ったのだ。

住んでいる場所、珍しい姓、年格好、細身で長身……。私とは父を異にする兄に間違いないと考える以外なさそうであった。

急な坂道を犬に引っ張られるようにしてのぼって行くその人は一度も振り返らなかったが、それは「去って行く人」のうしろ姿ではなかった。

私はそのうしろ姿に何かひとこと声をかけたいという突然の衝動を抑えられなかった。私は大声でその人の名を呼んだ。○○ちゃーん、と。そしてその人が振り返ると同時に走って逃げた。

私が再びその家の前に立つことは決してあるまい。

星雲

中国新疆《しんきよう》ウイグル自治区の南西端にタシュクルガンという国境の町がある。シルクロードの天山南路からかつてのガンダーラ地方を目指してパキスタンに入国する人は必ずこの町を通らなくてはならない。その逆のコースを辿《たど》る人も同じである。

タシュクルガンに到るまでの、タクラマカン砂漠の周縁のオアシス街はウイグル人の地だが、タシュクルガンにはタジク族が住んでいる。彼等は古来遊牧の民であり、いまもなおラクダに家財道具を載せ、家族とともに山岳地帯から草原へ、草原から湿原へ、と季節に応じて移動しながら、ヤクや羊を追う生活をつづけているが、祖先より連綿と受け継いだ生活様式を棄《す》てた者たちはタシュクルガンの居住地に根をおろしたのだ。

そこは、カラコルム山脈、崑崙《こんろん》山脈、ヒンドゥークシュ山脈に三方を囲まれ、南はパキスタンとインド、西はアフガニスタン、北西はタジキスタン、ウズベキスタン、さらに北へ行けばキルギス、カザフスタン、南東に行けばチベット、という地にあって、標高は三七〇〇メートル。富士山の頂上とほぼ同じ高さのところに位置する小さな高原の町である。

民族の十字路と呼ばれる地で遊牧生活をつづけてきたタジク族の容貌は多種多様で、日本人と見分けのつかない顔立ちの人もいれば金髪で目の青い人もいる。マケドニアのアレキサンダー大王の大遠征によってヨーロッパ人の血も入ったのだ。

しかしそれはなにもタジク族だけではない。広大なユーラシア大陸では、古代ソグド系、スラブ民族、蒙古民族、漢民族、ペルシャ系といった血が混じり合って、不思議な深さを持つ容貌を生み出しつづけてきた。

私は平成七（一九九五）年の六月、中国陝西《せんせい》省の西安を出発してから三十日かかってタシュクルガンに着いた。

そこで一泊しなくても、無理をすればその日のうちに中国から出国しパキスタン領内に入国することは可能だったが、途中に立ちはだかる標高約五〇〇〇メートルのクンジュラーブ峠を高山病に罹《かか》らずに越えられるかどうかの不安があった。三七〇〇メートルの高地で一泊し、薄い空気に体を順応させてからクンジュラーブ峠に臨むほうが得策だと考えたのだ。

これは賢明な選択だった。日本列島とほぼ同じ面積の死の砂漠・タクラマカンと、日本列島と同じくらいの長さの天山山脈とに挟まれた日中の気温四十三、四度のシルクロードを三十日間旅してきた私は、まさに疲労の極みにあったのだ。

そんな私に二〇〇メートルほどの長さの通りの両側に、ポプラ並木と、倉庫や店舗が閑散と並ぶだけの、ほとんど人のいない、野鳥の鳴き声だけが聞こえるさいはての町は、どこか清潔な表情を漂わせて、安寧な一夜を与えてくれそうな気配を感じさせた。

木と粘土と石で建てられた一軒きりのホテルは、簡素ではあってもちゃんと掃除をした跡があった。隅から隅まで行き届いて、といった掃除の仕方ではなかったが、やはりここが国境の町にあるホテルで、地つづきのさまざまな国を行き交うしたたかな商人たちを泊めることを示す広さを持っていることを考えると、少ない従業員としてはこれで精一杯なのだと私は納得した。

ホテルにはまだ十六、七歳にしか見えないタジク族の女の従業員がひとりいるだけだった。

私に割り当てられた二階の部屋は通りに面していて、小さな石炭ストーブが置かれてあるが、それはまだ使わないであろう。窓からはカラコルム山系の七〇〇〇メートル級の白い峰々が見えた。

ベッドで二時間ほど熟睡してしまった私は、これほど深く眠ったのは西安を出発して以来初めてだと思いながら腕時計を見た。夕方の五時だったが、まだ日は高かった。

私は自分の足音が大きく反響する木の階段を降りて受付へ行った。懐かしい建物のなかにいる心持ちで天井や壁を見廻《みまわ》すうちに、小学生のころの校舎に似ているのだと気づき、髪は黒いが目は深緑色の受付係に身ぶり手ぶりで、パキスタンからやって来るバスはここが終点なのかと訊いた。

女の子は地図を出してきて説明してくれた。バスは国境検問所で折り返してパキスタンへ帰る。検問所からは中国のバス以外は運行できない……。

それだけのことをお互いが理解しあうのに随分時間がかかり、女の子は何度も恥ずかしそうに顔を赤らめた。

検問所からのバスが着き、五人の客がホテルに入って来た。みな大きな荷物を三つも四つもかかえている。私には五人がそれぞれに民族を異にしていることだけはわかったが、あきらかにパキスタン人、あきらかにウイグル人とわかる人はふたりだけで、あとの三人はどこの国の人なのかまるでわからなかった。『三国志』に登場する山賊の首領はきっとこんな顔だったのだろうと思える人。ロンドンの博物館で見た苦行中の釈迦《しゃか》像に似ている人。そして、モダン・ジャズの著名な黒人ベース奏者にそっくりの人……。

急に忙しくなった女の子は、客たちのパスポートをあらためたり、宿泊カードの記載事項を説明したり、部屋割りをしたりと、ひとりで動き廻っていた。

私がその少女や客たちの顔を盗み見ながら煙草《たばこ》を吸っていると、玄関から離れたところにある門の陰に立っている幼い男の子と女の子の姿が目に入った。

兄妹らしく、十歳くらいの男の子は五、六歳の女の子の手をひいている。妹はこちらを見て泣いていて、それを兄がなだめているといった様子だった。妹は兄に叱られるので、しゃくりあげながらも門からこちらには近づこうとはしない。

私は幼い兄妹の視線が受付係に注がれていることに気づいた。受付のタジク族の少女も、忙しく仕事をしながら、門のほうを心配そうに見ているのだ。

やがてどこかから漢人の中年の女が受付にやって来て、タジク族の少女と交代した。言葉はわからなかったが、ふたりのやりとりで、私はバスも漢人の従業員もここに着くのが予定よりも遅れたために、タジク族の少女は自分の勤務時間を大幅に延ばすしかなかったのだと察しがついた。

私はホテルの玄関から出て門へと歩いて行き、受付のほうを指差して、

「お姉さんはもうすぐ来るよ」

と言った。年格好から推し量ると、このふたりの幼い子が受付の少女の子供とは思えなかったし、三人の顔立ちは似ているのだ。

私の日本語にびっくりした兄妹は、手をつないだまま丸い目でまっすぐに私を見あげた。兄の目は薄茶色で、妹のそれはかすかに青く、着ている服は粗末だが、決して媚《こ》びないものをその目のなかに蔵《かく》していた。

仕事を終えた姉がホテルの裏口のほうから小走りでやって来て、笑いながら手の甲で妹の涙をぬぐってやり、その手で弟の背を撫《な》でた。三人は小犬がじゃれあうようにして通りの突き当たりの崩れた石積みの塀の向こうへと消えていった。

夜、寒くて眠れず、私はセーターを三枚重ね着して窓をあけ、少し身を乗り出して、さいはての町を覆う霧を見やった。だがそれはもはや霧ではなく雲であった。

　三人が消えていった方向に目をやると、石積みの塀の向こうの、通りからはかなり低くなっているあたりに点々と人家の灯があった。そこにタジク族の居住地があるということは昼間にはわからなかったのだ。それは、さいはてのさらにさいはての灯という以外、他にどんな言い方もないようだった。

　風はうねり、雲は渦を巻いて居住地の灯が作りだす星の粒のようなもののなかに流れ込み、宇宙のどこかの星雲に見えた。

ガラスの向こう

私が十二歳になった年の初夏に、家の近くにあった小さなお好み焼き屋の老夫婦が突然姿を消し、三十五歳の男と二十二歳の女がやって来て、そこでおでん屋を営むようになった。

ふたりは夫婦ということだったが、誰が見ても「わけあり」の夫婦で、姿を消した老夫婦といかなる関係であり、いかなるいきさつによってその店舗兼住居の二階屋の新しい住人となったのか不明だった。だいいち、あの老夫婦はどこへ行ってしまったのか……。

たちまち、近所ではさまざまな憶測による噂話《うわさばなし》が尾ひれ背びれを付けて、しかも慎重な忍び声で飛び交った。おでん屋の親父となった男が恐ろしかったからだ。訪れる客のほとんどが、そのスジの者とおぼしき人間たちだったし、客たちよりも主人のほうが先に泥酔して暴れだすと、どうにも手がつけられなくなるほど屈強だったのだ。

「悪相っちゅうのを絵に描いたら、あいつの顔になりよるなっ」

騒ぎが起こるたびに通報を受けて、あまり気乗りがしない表情で注意しに来る警官が、妙に感心したように父に言った。当時、父は大阪市内で最も大きな貸し駐車場の管理を託されていて、その事務所は運転手たちや近所の商店主たちが暇つぶしに遊びに来る場所にもなっていたのだ。

だからそこでは、界隈《かいわい》で起こっているありとあらゆるニュースが集まってくるのだが、お好み焼き屋の老夫婦の消息については確かな情報はなかった。

ある夜、おでん屋の前の狭い路地を歩いている私を父が呼んだ。声はおでん屋のなかからだった。半分あいている戸の向こうを覗《のぞ》き込むと、父がおでんを食べながらコップ酒を飲んでいた。

こんなうまいおでんを出す店だとは思わなかった。お前も食べてみろ。

父が執拗《しつよう》に誘うので、私は仕方なく店に入り、父の隣に腰かけて、おでんを食べた。いっときも早くその店から出て行きたくて落ち着かなかったが、父がうまいと褒めたおでんは、どのおでん屋のよりもおいしかった。

「おでんは、スジ肉のだしが命や」

男は言って、父の太股《ふともも》より太そうな腕で自分のコップに冷や酒を注いで飲み始めた。私は、妻だという若い色白の女が妊娠していることをそのとき初めて知った。

父は週に一、二度、そのおでん屋に行くようになり、あるとき、老夫婦の行方を訊いたのだ。お前が殺して、どこかの川に重しをつけて沈めたそうだが、と。

男は「ばれたか」と言って笑ったという。

駐車場の事務所に集まる人のひとりが、何年か前、飛田新地《とびたしんち》であの女を見たことがあると言った。私は十二歳だったが、飛田新地がどういう場所であるかを知っていた。口数の少ない、とりたてて特徴のない女の容貌と飛田新地とが、私のなかではどうしてもつながっていかなかった。

男が明け方にほとんど意識を無くした状態で家に帰って来たのは十月の半ば頃だったと記憶している。顔は倍近くも腫れあがり、片方の耳はちぎれかけ、両の拳は骨折していたという。男は意識を取り戻さないまま三日後に死んだ。

どこかで、数人を相手にケンカをしたのか、恨みを持つ者たちに襲われたのか、頭部も含めて、体の数箇所が骨折し、内臓にも損傷を受けていた。

父がわずかな期間のうちに、そのおでん屋の夫婦とどんな交友を持つようになっていたのか私は知らないし、夫を突然亡くした身重の妻といかなる話をしたのかも知らない。

だが父は、ある一組の夫婦に、まもなく生まれる子供の父母となる話をまとめたのだ。

それは父から切り出した話ではなかった。世間話として、おでん屋の夫婦のことを話題にした際に、甲子園球場の近くで豆腐屋を営む夫婦のほうから申し出たのだ。夫婦には子供がなく、どちらも四十歳を過ぎていた。

父は話半分として聞き、一時の思いつきで決める事項ではないし、他人の子を育てるのは、犬や猫の子を貰《もら》うようなわけにはいかないと諭しつづけた。しかし、夫婦の決心は固かった。

話を聞いた母も、その夫婦とは親しくて、どんなに子供を欲しがっているかもよく知っていたが、おでん屋の女がそれを望んでいるとしても、自分たちがその仲介をすることには断固反対だと言った。

母は口にはしなかったが、どのような性分を持った子が生まれ、どのように育っていくかを案じたのだと思う。

子供を自分たちの養子にと望む夫婦は、時をおかずに父を訪ねてきて、自分たちはその子を必ず大切に育てるからと仲介の労を頼み込んだ。

おでん屋の女は、もし子を貰ってくれる夫婦がいるなら、自分は出産後の体を休めたのち、赤ん坊を渡して、すみやかに姿を消し、二度とあらわれたりはしないと誓っていたという。

その後、どんなやりとりがあったのか私は知らないが、生まれた男の子は豆腐屋夫婦の養子となった。確か、出産して二週間くらいたって、おでん屋の店舗兼住居は空き家となり、日をおかずして新しい住人がやって来た。

私は十八歳のとき、六歳になったその子と逢った。

大学受験に落ちた私は、浪人生として翌年の受験を目指していたが、父が事業に失敗し、取り立て屋と呼ばれる男たちから追われる日々が始まっていて、予備校には行けなくなっていた。取り立て屋は予備校の近くで私を待ち伏せているのだ。

ある日、知人を介して父から連絡があり、私は曾根崎《そねざき》のお初天神近くの喫茶店で父と待ち合わせた。

豆腐屋夫婦のことを覚えているかと父は言った。そして、こうつづけた。

あの子もことし小学生になったそうだ。自分の両親が実の親ではないことをまだ知らない。いずれわかるときが来ると思い、話してはいないという。俺は夫婦には、赤ん坊の父親が事故で死んだこと、母親が子供を育てられないことだけを話した。それ以外の質問には答えなかった。赤ん坊の父親と母親がどんな人間であるか。なぜ子を手放すのか。そのどれかひとつでも知ることで、何等《なんら》かの先入観というものが生じる。

だから教えないのだと豆腐屋夫婦に言った。夫婦も、俺の真意を汲《く》み取って、子の父母についての質問をしなかった。

俺は、あの子が三歳になったころ、様子を見に行ったことがある。豆腐を作る作業場で、父親の真似《まね》をしながら遊んでいた。俺は、幼い子の顔をあれほど観察したことはない。可愛《かわい》がられて大事に育てられていることがよくわかった。

事情があって、あした、夫婦とあの子が大阪に来る。昼から夕方まで、お前があの子の面倒をみてやってくれ。どこかの遊園地にでもつれて行ってやれば、歓ぶだろう……。

父は私に千円札を三枚渡し、三人との待ち合わせ場所を教えて、喫茶店から急ぎ足で出て行った。

えらいことになったと私は思った。六歳の子を昼から夕方まで退屈させずに遊ばせるなどという芸当は自分には無理だ。そんなことはご免被りたい。父の一方的な押しつけに腹を立てながらも、私の心のどこかには、六歳になったあのおでん屋の夫婦の子を見てみたいという思いも生じていた。

あの粗暴な大酒飲みを父とし、自分ひとりでは育てられないからと出産前に我が子を他人に託すことを決めていた女を母として生を受けた子は、どんなふうに育っているのだろう……。私はそう思ったのだ。

翌日、指定された大阪駅で私は三人と逢った。夕方の六時までには必ず用事を終えてここで待っていると約束して、夫婦は地下鉄の駅へと階段を降りていった。

六歳の少年の名をSちゃんとしておこう。

Sちゃんは人見知りをしない剽軽《ひょうきん》な、なにやかやと矢継ぎ早に質問してくる子だった。

私が宝塚の遊園地に行くために阪急電車の駅へと歩きだした途端、

「なんで大学の試験に落ちたん？」

とSちゃんは訊いた。

「勉強が嫌いなん？　勉強はいちにちなまけたら、あくる日、三日分つろうなんねんで」

いちいち痛いところを突いてくるチビだと思いながら、私はSちゃんの目鼻立ちのどこかに、実の父母のおもかげを探った。似ているところがあるようだが、まったく似ていないようでもあった。

「それ、自分がいっつもお父ちゃんやお母ちゃんに言われてるんやろ」

私の言葉に、Sちゃんは、お母ちゃんやと答えた。だから、夏休みの宿題の日記は、もう十日先まで書いてしまった、と。

私が声をあげて笑うと、Sちゃんも得意そうに笑った。

宝塚の遊園地に着くと、私は好きな乗り物に好きなだけ乗れと言った。そうやって時間が過ぎてくれるのが当方にとってはらくなのだ。

しかし、ホットドッグ売り場の横のベンチで休憩しているとき、足元の蟻《あり》の行列に気づいた私は、小学生時代に流行《はや》った遊びを思い出し、キャラメルを買ってそれを舐《な》め、口のなかで溶けかけているものを蟻たちの近くに置いた。三十分もすれば、キャラメルが完全に見えなくなるほどに蟻の大群で覆われるのだ。

その周りの土をスコップで掘り、ガラス壜《びん》か金魚用の水槽に入れると、蟻たちはそこで巣造りを開始する。やがてガラスを透かして、蟻の巣の全貌が観察できる。餌は、人間が食べるものなら何でもいい。どこか一箇所に水を入れた容器を置くことも忘れてはならない。蟻はガラスをのぼれないから蓋をする必要はないが、夜は蓋をしたほうがいい。蟻も暗くないと眠れないだろうから。

蟻の巣が、いかに綿密な機能を持つ構造であるかも、卵が孵《かえ》っていくさまも、蟻の子がどう育てられていくかも、ガラスを透かして目のあたりにできるのだ……。

私の延々と垂れる講釈をSちゃんは少年特有の目の輝きで聞き入っていた。そして、この蟻たちを持って帰りたいと言い出した。

よし、そうしよう。そのためには金魚鉢と小さなスコップが必要だ。

私はSちゃんにこの場から動いてはならないと命じて遊園地を出ると、金魚鉢とスコップを買うために駅の周辺を歩き廻った。遊園地で子供を遊ばせることに疲れてしまって、私は早く大阪駅に戻りたかったのだ。

四角い水槽を探したのだが、口の周りにうねりを持つ丸い金魚鉢しか売っていなかった。駅から遠く離れた金物屋でやっと園芸用のスコップをみつけ、Sちゃんのいるところに戻るのに小一時間かかった。

Sちゃんは、しゃがみ込んで、小高く盛り上がっている黒い塊に見入りながら私を待っていた。

私は遊園地の木の下の土を金魚鉢に半分ほど入れ、蟻たちとキャラメルとその周辺の土を掘り起こして、それを最初に入れた土の上に載せた。

その作業をしている私を、Sちゃんは金魚鉢の向こう側から見つめつづけていた。金魚鉢の湾曲したガラス越しに見えたのは、Sちゃんの実の父親そっくりの顔だった。


それから二ヵ月ほどたって、Sちゃんから葉書を貰った。アリは元気です、ありがとう、と書いてあった。私はその短い文面を何度も読み返しながら、Sちゃんが生まれる少し前、酔っているらしい父が、血統書が付いていない者は人間ではないというのかと怒鳴るように言ったことを思い出していた。

Sちゃんは神戸大学を卒業して大手の建築会社に就職したが、三十五歳のとき阪神・淡路大震災で死んだ。婚約者がいたという。Sちゃんの享年が、実の父親のそれと同じだったことに、私はつい最近気づいた。

風の渦

おととしの夏の終わり近くに、約二十年ぶりに軽井沢を大きな台風が直撃した。私が軽井沢を夏の仕事場とするようになったのは三十三歳のときで、その理由は、前年の一月に肺結核で入院したからだ。

すでに小説家となっていたので、満員電車に乗って通勤して会社勤めをしなくてもいい人だからと医師が早めに退院させてくれた。入院期間は六ヵ月と短かったが、加療が終わったわけではなかった。薬を服用しながら自宅で安静にして今後二年ほどは療養に努めること、というのが退院の条件だった。

秋になったころ、軽井沢に住む知人から電話があり、来年の夏は軽井沢ですごせと有無を言わさぬ口調で誘われた。その人は、小さな貸し別荘までみつけてくれていた。

断りきれずに、翌年、軽井沢で夏をすごしたが、高原の避暑地は私よりも母の体に合った。母はその数年前から、関西の暑い夏がこたえて、ひどい夏ばてを起こすようになっていたからだ。

以来、私が夏の仕事場を軽井沢に定めて、すでに三十年ほどがたとうとしている。

夏を楽しみにしていた母は十八年前に死んだが、散歩に行くと必ず野の花を摘んで帰って来た母の笑顔を、私は軽井沢に着くたびにほとんど反射的に思い出す。私のなかのしあわせな思い出のひとつなのだ。


軽井沢が台風の被害を受けることは稀《まれ》だが、おととしのそれは、まだ台風が太平洋上にいるときから、長野県と群馬県の境にある高原の一点を目指しているかに見えた。単なる勘というやつだが、ニュースで報じる台風情報の、気象衛星から撮った渦巻きは、甲信越地方全体よりも大きい気がした。

風で倒れるとしたらどの木かな、と私は仕事場の周りに自生しているカラマツを見ながら考えた。二十年前の台風は、太さ五〇センチの楠《くすのき》の大木をまっぷたつに折って、近くの別荘に鉞《まさかり》で断ち割ったかのような被害をもたらしたのだ。それが森を襲う強風の恐ろしさであることを、私は二十年前に思い知らされている。

木が多すぎて洗濯物が乾かない、折れやすいカラマツの枝がいつ頭の上に落ちてくるかわからない、せめてあれとあれとあれの三本の木を切ったほうがいいのではないか。妻にそう言われて数年がたつが、木の少ない軽井沢に何の価値があるのか、切るのは簡単だが、ここまで育つのに何十年かかったと思うのか、とえらそうに言い返してきた私は、台風が上陸して一直線に甲信越地方へと進んで来た夕刻には、やはり、あれとあれとあれは切っておけばよかったと後悔した。

強風はまだ序の口だというのに、木々のすべてはいまにも折れそうなほどにしなって揺れていて、雨も渦を巻いていたのだ。

勘が当たった。これは二十年前のよりも被害をもたらす台風かもしれないと私は思ったが、さりとてどうしたらいいのかわからない。

とりあえず、すべての雨戸を閉めて、風呂に入ろう……。

そのような緊急時に風呂に入ってどうしようというのか、自分でもわからないまま、気持だけあたふたして、テレビの台風情報を観ていると停電になった。

そうか、停電という事態の可能性を忘れていたと思い、私は懐中電灯とローソクを探した。といっても、実際に動いていたのは家人たちであって、私は居間の椅子に坐《すわ》って、目だけ動かしていただけなのだが、停電の闇のなかでは何も見えない。つまり私は、何の役にもたっていない。

停電になったのは夜の七時ごろで、明かりのために必要な電池とローソクが尽きたのは夜中の一時である。

車のなかに懐中電灯が常備されていることを思いだしたが、それを取りに行くのは危険すぎる。木々の枝が折れる音と、それが飛んで来て、家の壁や窓や屋根にぶつかる音のすさまじさは、無数の凶器に間断なく襲いかかられているかのような恐怖にひたらせる。

実際、それらは凶器であるに違いないのだし、すべての明かりを失っているのだ。どうやって家から出て、車まで辿り着くのか。

じたばたしても仕方がない。寝よう。倒れてきた大木で家が壊れたら、壊れたときのことだ。

「さぁ殺せ、やなァ」

と言いながら、私は使い捨てライターの明かりを頼りに二階の寝室に行き、蒲《ふ》団《とん》の上に横たわった。ライターのガスも尽きようとしている。わずかなガスは、万一のときのために残しておかなければならない。

　月明かりも星明かりもない漆黒の闇というものは、自分が目をあけているのか閉じているのかさえもわからなくさせる、ということを、私はそのとき初めて知った。と同時に、そのような状況に置かれたら、人間の脳では即座にセンサーが働き、聴覚と触覚と嗅覚が、眠っていた能力を全開させることも知ったのだ。

　それまで聞こえなかった音が聞こえ、匂わなかったものが匂い、枕のカバーの微細な皺《しわ》を首筋に感じる。

　蒲団に横になって十分もたたないうちに、私は風の塊が、台風の目を中心として渦巻き状に襲って来ることに気づいた。

　私の体の左側の遠いところから、風のうねる音が起こり、それは一気に大きくなりながら近づいて来て、家の周辺すべてを風の渦に巻き込み、右側に移って遠ざかって行く。その風はまた左側から円を描きながら戻って来る。それを繰り返すのだ。鳥には鳥の飛ぶ道があり、風には風の通る道がある、という言葉は真実なのだ。

　さあ、また来るぞ、さっきの風が、と身構えていると、あちこちの木を折りながら、枝を吹き飛ばしながら、巨大な渦巻きとなって風が襲って来て、再び元の場所へと戻って行く。その間隔は約三十秒から四十秒で、それより短くなることも長くなることもない。

私は子供のころ、川の畔《ほとり》で暮らした。大阪市内の、堂島《どうじま》川と土佐堀《とさぼり》川とに挟まれた中之島の西端で、ふたつの川は私の家の近くで合流し、安治《あじ》川と名を変える。台風がやって来ると、学校が休みになるので、その季節には、台風来襲を楽しみに待つ子が多かった。

しかし、昭和三十年代の半ばあたりまでは大阪には水上生活者がたくさんいて、その人たちにとって台風は生活基盤のすべてを奪うものでしかなかった。

私が小学二年生の夏、大きな台風が大阪を直撃した。

その日の夕刻、父は窓という窓に板を打ちつけ、母はお握りと玉子焼きを作り、ありったけの水筒やバケツに水を溜《た》めて、台風に備えた。

夜中に満潮を迎えて川は膨れ上がって逆流し、高潮が家の床上にまでせりあがって来た。いつも枕元に響く市電の音も、川を行き交うポンポン船の音もなく、強雨と強風と高潮の作りだす波の、舌なめずりするような不気味な音に包まれて、私はしあわせな闇のなかにいた。なぜしあわせだったのか忘れた。

夜中に、私は奇妙な音で目を醒《さ》ました。尿意によるものではなく、その物音で目醒めたことだけは覚えている。

音は土佐堀川から聞こえていて、それは上流から回転しながら下流へと移動していた。

窓には板を打ちつけてあるし、市内中が停電状態なので、いったいそれが何なのか、はたして本当に回転しているのかどうか確かめる術《すべ》もなかったが、七歳の私は、父と母のあいだで川の字になって蒲団に横になったまま、只《ただ》ならぬことが起こっていると感じた。

私は父を揺り起こし、川でたくさんの人が死んでいると言いながら泣いた。

心配しなくてもいい、こんな風だから、いろんなものが流れて来るだろう、つまらないことを空想せずに寝ろ。

父はそう言って、私が起きあがらないよう腕で押さえつけて、再びいびきをたて始めた。台風の日には、お前には樋屋奇応丸《ひやきおーがん》が必要だと、母が寝呆《ねぼ》け声で言い、私を便所につれて行ってくれた。

「ぎょうさんの人が死んでるねん」

「どこで」

「そこの土佐堀川で」

「わかった、わかった」

母は、気を鎮めて耳を澄ましてみろと私に言った。

「なんにも聞こえへんやろ？　ただの風の音や」

蒲団に戻った私は、何かが回転しながら橋脚に当たる音を聞いた気がしたが、それは安治川へと進むと気配そのものまで消してしまった。そして私は眠った。

翌朝、安治川の下流一〇〇メートルほどの、倉庫が建ち並ぶ岸壁の近くで沈んだ宿船から親子四人の遺体があがった。当時、水上生活者の住まいである小さな船は宿船と呼ばれていた。

上流の淀屋橋《よどやばし》のたもとを定住の場所としていたその宿船が強風で流されたことは誰の目にも明らかだったが、なぜ親子四人が沈むまで船のなかに居つづけたのか、なぜ為《な》す術もなく安治川まで流されつづけたのか、川での生活に慣れている他の水上生活者たちにもわからなかった。

船が回転をつづけながら、右岸へ左岸へ橋脚とぶつかって、親子は船内のどこかに頭や体をぶつけ、そのうち身動きできなくなったのではないかと、いまなら

私は説明するが、七歳の私は、
「くるくる廻って、目が舞《も》うたんや」
とうわごとのように繰り返すばかりだった。

あのとき、父が宿船に気づいていたら、親子は死なずに済んだだろうか。私は、風とともに軽井沢の森すべてが渦を巻いている闇のなかで、五十年以上も昔のことを思い浮かべつづけた。

何かが回転して川を流れて行く気配が、確かにあの宿船であったという証拠はない。沈んでいた木の船には、岸や橋脚に強くぶつかったことを示す痕跡はどこにもなかったという。

私のこの川の畔で暮らした時代の思い出は、必ず、引き揚げられて遺体も収容されてしまったあとの、濡《ぬ》れそぼって日を浴びていた宿船の光景から始まる。船のなかは、畳を敷いた六畳の部屋と、七輪と水甕《みずがめ》の転がる小さな台所だけだった。

殺し馬券

競馬の世界を舞台として、一頭のサラブレッドを主人公に『優駿《ゆうしゅん》』という小説を書きだしたのは、私が三十六、七歳のときだったと記憶している。

この小説は高くついた。私自身がJRA(日本中央競馬会)の馬主とならなければ到底書くことの適《かな》わない代物だったからだ。

小説を書き始める前に、私は担当編集者と北海道の牧場を訪ねたり、数頭の競走馬を所有している馬主と会ったり、有名な騎手や調教師に取材したが、私の質問に対する彼等の返答は隔靴掻痒《かっかそうよう》というしかなく、これならばスポーツ新聞の競馬欄やJRAが発行する機関誌を読めば事足りるではないかと失望する内容ばかりだった。

競馬会というサークルには、入り組んだ人間のつながりがある。某調教師は引退した別の調教師の弟子であり、同時に娘婿でもあって、その人の従兄《いとこ》はAという騎手で、その騎手の嫁はBという騎手の妹で、彼女の実家は北海道で牧場を経営している、といった具合である。

だから、何のつながりもないと思われる調教師と騎手と牧場主と馬主が、ジグザグの縦や横の線によって極めて近しい間柄で構成された一種の共同体を成すことになる。ゆえに「うっかりしたことを外部の者に話せない」わけなのだ。

それだけではない。大金の懸かった勝負の世界にあっては、調教師同士であっても騎手同士であっても、ライバル心を超えた怨讐《えんしゅう》の感情はうごめいていて、仲の良し悪しがレースに微妙な影響を与えもする。

そんな内輪事を小説家なんかに喋《しやべ》れるものか。しかし、私としてはそこが知りたい。書く書かないは別にして、知っているのとそうではないのとでは天地雲泥のひらきがあるのだ。

ではどうすれば彼等の固い口をほんの少しでも開かせることができるのか。結論はたったひとつしかなかった。私が馬主となって競走馬を所有するのだ。それ以外に『優駿』という長篇小説を完成させる術はない。

当時は私も若く、血気盛んだったので、自分が書きたい小説のためには「家屋

「敷田畠を売ってでも」と意気込んで、先のことなど考えもせず馬主登録をした。ひとりで一頭を持つ経済力はなかったので懇意な馬主さんと共同で仔馬《こうま》も買った。

これで晴れて馬主である。馬主であるならば、調教師や騎手や厩務員《きゅうむいん》に、その馬の状態も、調教過程における予期せぬアクシデントも、レース中のどこで何が起こったかも、堂々と訊く権利を持つし、相手もまたそれを正直に伝える義務が生じるのだ。

そうやって馬主となった私が、どれほどの大損をしたかは、ここでは書かない。だが『優駿』という小説をこの世に生み出し、それはいまも読み継がれていることだけを歓びとするべきであろう。

馬主となった私は、競馬場の馬主席という、いわば特権階級の人々の集まる場所で多くの馬主たちを見た。

小さな町工場から出発し、いまや東南アジア各地に幾つもの工場を持つまでになった馬主は、いつも地味な背広を着て、馬主席の隅っこに坐り、私をみつけると遠慮気味に笑みを浮かべて会釈するだけで、話しかけてこようとはしない。このFさんという、苦労に苦労を重ねて今日を成した老紳士の、決してでしゃばらぬ、それでいて味わい深いたたずまいに接すると、私は自分のほうから近づいて行き、隣の席に坐らせてもらって、お互いの所有馬の近況について会話を交わすのが常だった。

馬主には人品骨柄にいささかの卑しさ無きにしもあらず、といった御仁も多い。「歩く三億円」と陰で呼ばれる男は、ダイヤモンドをちりばめた眼鏡という漫画のような代物を目の周りで輝かせていたし、バブル時代の代表選手のような男は、自分の娘よりも若いであろう美貌の愛人に、毎レース、百万円単位の紙幣を渡して馬券を買いに行かせていた。

そんななかに、実直なサラリーマンといった風情の、私よりも少し年長に見える男がいた。借りてきた猫のような、という言い方があるが、馬主席という特別席はどうも居心地が悪くて、どう振る舞っていいのかわからない様子が見て取れた。

「ことしのダービー馬のオーナーは、あの人でっせ」

顔見知りの馬主がそう耳打ちしてくれた。

その馬の名を仮に「アイチャン」としておく。

へえ、あの人がアイチャンのオーナーなのかと思い、私はその人を遠くから見つめた。

それまでの詳しい戦績はもういまは記憶にないが、私もことしのダービーはアイチャンが勝つと思い、アイチャンが出走するレースは、どんなに忙しくても観るようにしてきたのだ。

アイチャンを管理するK調教師は、私の最も親しい調教師で、一緒に北海道の牧場巡りをしたこともあった。K調教師にとっても、アイチャンという馬と出逢ったことは生涯に二度とないほどの僥倖《ぎょうこう》と言わねばならなかった。

「あの馬体、風格、勝負根性。ダービーまで無事に行けたら、アイチャンで決まりです。他の馬券は買わんでよろしい。アイチャンの単勝一本です。そやけど、どうせ断トツの一番人気や。単勝の払い戻し、二・五倍ついたら上等やな」

そう馬主は言って、私をアイチャンの馬主に紹介するためにつれて行こうとしたが、私は断った。おそらくひどく気遣いをする人であろうから、初対面の小説家にどう対処したらいいかと苦慮させてしまうのがいやだったのだ。

アイチャンは順調にローテーションをこなしてダービーを迎えた。

私は、K調教師の千載一遇のチャンスを逃させたくなかったし、あの若い実直そうな馬主を「一国の宰相になるよりも難しい」と言われるダービー馬のオーナーにさせたかった。しかし、馬は生き物である。レース中に何が起こるかわからない。そして、私の陰ながらの応援など何の役に立とうか。

ダービー前日の夜、私は予想表を見ながら、突然、Ｆさんが教えてくれた「殺し馬券」なるものを思い出した。

「自分が勝たせたい馬以外のすべての単勝を買うんです。これを殺し馬券と言います。勝たせたい一頭の馬のために、他の馬全部に己の身銭を切る。恐ろしい馬券ですなァ。ただし、これをやるのは生涯に一回きりと決めて買うんです。そうでないと、殺し馬券は魔力を失うそうです。私は昔一回やりましたから、二度と殺し馬券は買ってはいかんことになります」

Ｆさんが柔和な笑みとともにそう言ったとき、まぎれもない賭博師の冷たい炎のようなものが、その双眸《そうぼう》の奥で揺れたのだ。

私は、よし俺も生涯に一度の「殺し馬券」を買うぞと決めた。そして、あしたは東京競馬場に行ってダービーを観戦すると言っていた友人に電話をかけた。

「えっ！　怖いことするんだなァ。本気か？」

笑いながらも、あきれた口調で念を押し、友人は私が頼んだ馬券を買ってくれることを約束した。

ダービーの出走まであと七、八分くらいのとき、その友人が東京競馬場から電話をかけてきて、頼まれた馬券を確かに買ったと伝えてくれた。

「馬券売り場の窓口で、アイチャン以外の馬の単勝を全部って言ったら、周りのやつらがいっせいに俺を見たよ。そのなかのひとりがさァ、ニイサン、そんなことしたら、アイチャン、ほんとに勝っちゃうよ、って頓狂な声で言いやがって。俺、なんかすごく恥ずかしかったよ」

私は礼を言い、電話を切ると、テレビの画面に見入った。アイチャンは勝った。危なげない強い勝ち方だった。

数日後、友人から郵便物が届いた。封筒のなかには「殺し馬券」が入っていた。私はそれを財布にしまった。K調教師と逢うことがあれば見せようと思ったのだ。


私が競馬場に足を向けなくなり、馬券からも足を洗ったころ、テレビのニュースで奇妙な事件の報に接した。三人の男がホテルの部屋で首を吊《つ》って死んだという。事業に行き詰まっての自殺らしいが、男のひとりは元ダービー馬のオーナーで、あとのふたりはその友人で、なぜ三人が心中するかのようにほとんど同時に首を吊ったのか、その理由がわからない……。

どのニュース番組でも大きな扱いで、なかにはダービーの勝利のあと、競馬場で記念写真におさまっているアイチャンとあのオーナーとK調教師たちを映し出している局もあった。

その後、テレビのワイドショーでも週刊誌でも、事件は頻繁に大きく報じられた。事業に行き詰まって自殺する人は珍しくないが、ダービー馬のオーナーだったことと、ふたりの男と一緒に死んだことが世間の耳目を集めたのだ。

妻子、もしくは愛人を道連れにしたのではなく、なぜ男の友人ふたりが死をともにしたのか。大きな謎として、さまざま週刊誌的憶測記事が載り、なかには下世話な推理を展開しているものもあった。

事件のことはやがて忘れられていったが、生涯に一度きりの「殺し馬券」はもはや笑い事では済まなくなってしまい、私はすぐにでもその外れ馬券を焼却しようと思いながらも、なぜか捨て去りがたいものを感じて、それからも数年間財布のなかに隠し持っていた。K調教師と電話で話すことはあっても、私は馬券のことは喋らなかったし、K調教師もアイチャンの馬主の話題はあえて避けているといった気配を感じさせた。

こんなものを何のために大事に財布のなかに入れたままにしているのだ。さっさと焼き捨ててしまえ。私のなかでそうせきたてる声はあるのだが、どうしてもそうすることができない。

　そんな、自分でも分析不能な心にいささか疲れもしたし、古くなった財布を新しいのに買い換えもしたが、それでも「殺し馬券」を処分できないのだ。

　しかし、二年ほど前に、私は人づてにFさんが亡くなったことを知った。殺し馬券というものを私に教えてくれたFさんもこの世から去ったのだ。もう潮時であろう。いま殺し馬券を焼き捨てなければ、自分はその機を永遠に失うはめになりかねない。

　私はそう思い、Fさんの死を知った日の夜、書斎の椅子に腰かけて、ライターで殺し馬券に火をつけた。浮かび出たのはアイチャンの馬主ではなく、寡黙なFさんの地味な背広姿だった。

　私は、世にそれとなく隠れ棲《す》む筋金入りの博徒の正体が、人魂《ひとだま》のように発光して消えるまでの刹那の時間を忘れない。

小説の登場人物たち

最近、自分はいったい小説を何篇書いたのかとかぞえてみた。

二十七歳で会社勤めを諦めて小説を書き始め、ことしで三十六年になる。その三十六年間でなにほどのものを残せたのか、という思いもあったし、中原中也の詩の一節を借りれば「思へば遠く来たもんだ」という感慨もあった。

短篇小説が三十九篇、長篇小説が三十三篇だった。その長篇には上下巻で一篇のものが多い。

そこに小説以外のエッセイや対談集、そして全集十四巻を加えると、著作は百冊を超える。

しかし、この百冊以上もの単行本を立てて並べてみると、なんだ、たったこれだけかとがっかりしてしまった。

当然、一作とて手を抜いて書いたものはなく、出来不出来はあっても、そのときその時全魂を込めたことだけは、嘘偽《うそ》りがない。

ならば、この七十二篇の小説には、どれだけの数の登場人物がいるのか。

通りすがりの名もない人ではなく、私がその小説に必要として名前をつけた人間は、たとえ一回だけ登場し、わずかひとこと喋っただけにしても、その瞬間、私はその人になっている。

女であろうが子供であろうが老人であろうが、私はその人に憑依《ひょうい》する。努力してなり切ろうとしているのではなく、ごく自然にそうなってしまうのだ。

とすれば、私はこの三十六年間の作家生活のなかで、ほんの一瞬にせよ、何人の人間になり切ってきたのか。

自分の著作の古いものからかぞえ始めて、三冊目くらいから、もういやになってやめてしまった。七十二篇すべての登場人物をかぞえていたら、おそらく千人を超えることがわかったからだ。

なかには、こんな人物を登場させていたのかと驚く場合もあって、なんだかその人に申し訳ないような心持ちになったりもする。

架空の物語ではあっても、そこに登場する人物だけは、何等かの原型はあると思う。

たとえば、子供のときに近くの神社の夜店で目にした香具師《やし》のおじさんの顔とか声とか、サラリーマンの時代に触れ合った多くの人々とか、入院中に知り合ったたくさんの患者や看護師の、なにかしら心に捺《お》された印象とか、どこかの喫茶店の隣の席にいた中年のカップルの、別れ話をしているらしい低い話し声、とか……。

そのような数限りない原型が、着ているもの、職業、年齢等を変えて、私のなかで別の人間へと化けていくのだ。

これは、私に限ったことではなく、ほとんどの作家は同じ精神作業を行なっているのだと思う。

だから、どれだけの人間を見てきたかということが、ひとりの作家の「抽斗《ひきだし》」の多さになるはずなのだが、「見る」のは視覚によってではない。目以外のどこで、その人物を見ていたか、なのだ。

水上勉さんは、それを山の木に譬《たと》えた。

あの作家の山には、木が三本しか生えていないと私の耳元でささやいたことが何度もある。三本ならばまだいいほうで、あいつは一本きりだなと言うときも多々あった。

水上さんがひとりの作家の内部に見た木の数は、ほとんど適中した。三本と評された作家は、確かにそれ以後せいぜい三作ほどしかいいものが書けなかった。

水上さんがいう「山の木」の数は、どれだけの人間を見てきたかにとどまるものではない。つまるところ、どれだけの人生に触れ、そのどの急所に目を向けてきたかである。

国木田独歩に『忘れえぬ人々』という短篇小説があって、明治三十一（一八九八）年に発表された名品だ。

宿場の旅人宿《はたごや》で同宿した男が、自分にとって「忘れえぬ人々」とはいかなるものかを語って聞かせる。親や兄弟や親戚や恋人でもなければ、深く関わった人でもない。

旅の最中の山中ですれちがっただけの、馬をひいて馬子唄《まごうた》をうたっていた青年であったり、瀬戸内の引き潮の海のなかを歩きながら何かを獲《と》っていた男であったり、港町のはずれの店先で琵琶《びわ》を奏でていた琵琶僧であったり……。

何の義理も恩愛もないゆきずりの人を忘れることができない自分というものが

ある、と男は語るのだ。

十七歳の私はこの『忘れえぬ人々』は独歩の作品のなかでは五指に入る傑作だと生意気にも評したが、すべての人々のなかに、それぞれの「忘れえぬ人々」がいることを教えられもしたのだ。

阪神・淡路大震災が起こった年の夏、私はシルクロード六七〇〇キロの旅をしたことは前述した。その約四十日間の旅で、私は多くの「忘れえぬ人々」を得たが、この人だけは、いかに舞台を変え、着ているものを変え、年齢を変えても、どうにも自分の小説のなかの登場人物として使い様がないという人物がいる。

中国の新疆ウイグル自治区の、コルラからクチャへと向かう天山南路は、一本きりのアスファルト道が広大なゴビ灘《タン》のなかを延びている。道はそれしかない。天山山脈は東西二〇〇〇キロにもわたる大山脈で、その南麓には世界第二の移動性砂漠・タクラマカンが日本列島とほぼ同じ面積でひろがっている。

日中の気温は摂氏四十三度から四十五度。湿度は一〇パーセントに満たない。視界のすべては陽炎《かげろう》で揺らめいて、まっすぐの道が大きく歪《ゆが》んで見える。

東西南北、見渡すかぎり何もない。山もない、雲もない、岩もない、一本の木もない。

あるのは蜃気楼《しんきろう》と、沙竜《さりゆう》と呼ばれる小さな竜巻の群れだけなのだ。

私がマイクロバスのなかから竜巻を見ていると青い長袖のシャツと黒いズボンを穿《は》いた青年がアスファルト道からゴビ灘へと歩きだした。その青年が、いったいどこから来たのかさえわからなかった。

ゴビ灘は、ところどころ土が丸く盛りあがっている。それは自然にできたものではなく、墓なのだ。

故人の名や生年や没年を印す板きれ一枚なく、埋葬のあと、ただそこに土を盛るだけの墓で、三日もたたないうちに、その盛り土も強い風で消えてしまって、どこが墓なのかわからなくなってしまう。

しかし、遺族は墓の場所を知る何等かのてだてを持っていて、たぶんあの青年は誰かの墓参りに来たのかもしれないと私は思った。

しかし、そうではなかった。青年は、強い風によって突き刺さるかのように飛んでくる砂粒から顔を守るために幾分うつむきながらも、躊躇《ちゆうちよ》のない足取りでゴビ灘のど真ん中へと歩きつづけ、やがて黒い点となって蜃気楼の奥へと消えた。

蜃気楼の向こうに何があるのかと私は現地のガイドに訊いた。ガイドは、何もないと答えた。このゴビ灘をまっすぐ行けば、一五〇キロ程度でタクラマカン砂漠とつながる。その間、村どころか小さな集落もないという。

タクラマカン砂漠には、さらに何もない。「空に飛ぶ鳥なく、地に走る獣なし」なのだ。

ならば、あの青年は何を目指して、どこへ行ったのか。

世を捨てて、死にに行く姿ではなかった。顔は砂粒を避けて伏してはいたが、歩き方にはどこか昂然《こうぜん》としたものがあったのだ。

この、顔さえ見えなかったひとりの青年を、私は自分が書く小説のどこにも置くことはできなかった。

安アパートの廊下に置くこともできない。都会の雑踏を歩かせることもできない。居酒屋のカウンターに腰かけさせることもできない。甲子園球場の外野席に坐らせることもできない。

彼を見てから十五年ほどがたったが、灼熱《しゃくねつ》と強風など意に介さず、こんなものがどうしたといったふうに小さな竜巻と竜巻のあいだを歩きつづけて消えていったあの青年に、私は憑依する術を知らない。

書物の思い出

私はこれまでに短篇小説を三十九篇書いた。

その大半は、私の幼少時に周りで起こったことを素材として、小説的産物を織り交ぜ、いわばAにBとCとXを足したり引いたり、掛けたり割ったりして、事実とは異なる世界を見せる作業である。

長篇小説は、また別の内的化学変化が加わるが、それを説明していると長くなるし、また論理的に説明できるものでもない。

私は中学二年生の春ごろから、むさぼるように小説を読み始めた。それも、その年頃に見合ったものではなく、おとなが読む小説である。

中学二年生から大学一年生になるまでに読んだ小説のすべてを列記すれば、それだけで紙数が尽きてしまうだろう。

しかし、十九歳から二十七歳くらいまでの数年間、私は小説というものを読まなかったといっても過言ではない。

大学時代は体育会硬式庭球部に入部して授業も受けず、朝から晩までテニスコートを走り廻っていたし、卒業して広告代理店に就職すると、仕事で必要な書物以外を読む余裕を失くしたのだ。

しかし、読まなかったといっても、大学時代には二冊、サラリーマン時代には一冊を完読している。

ポール・ニザンの『アデン・アラビア』、スタインベックの『われらが不満の冬』、井上靖の『崑崙《こんろん》の玉《ぎょく》』である。

『アデン・アラビア』は、学生食堂で隅に坐っていた友人が持っていて、あの有名な書き出しに惹かれた。

――ぼくは二十歳だった。それがひとの一生でいちばん美しい年齢だなどとだれにも言わせまい。

（篠田浩一郎訳　晶文社刊）

この小説とも紀行文とも評論ともつかない長篇は、反乱と虚無と熱気と高い思弁をミキサーで攪拌《かくはん》したような代物だが、どこかに凜《りん》としたリリシズムがあった。『われらが不満の冬』は、冬休みのアルバイトで稼いだ金をパチンコで負けてしまい、最後に残った千円札一枚をポケットに突っ込んで繁華街をさまよっているうちに、ほかに行くところもなく本屋に入り、さしたる理由もなく買った。スタインベックの小説は『怒りの葡萄《ぶどう》』を以前に読んでいたので、その作者名が懐かしくて買ったのかもしれない。

アメリカの地方のどこにでもある町の、ごく平凡な一家が濡れた角砂糖のように崩壊していくさまは、スタインベックらしい社会への批判や寂寥《せきりよう》感に満ちていた。

『崑崙の玉』を友人から借りて読んだのは、私が作家をこころざして会社を辞めた直後だ。函《はこ》入り布装の立派な本で、すでにそのころでも貴重な造本だった。私はそれを読んだあと、友人に返してから、自分のために書店で買って大切にしていたが、阪神・淡路大震災で失くしてしまった。

井上靖の西域物では『敦煌《とんこう》』や『楼蘭《ろうらん》』の評価が高いが、私にとっては『崑崙の玉』が一番である。

これさえ読めば、氏の他の西域物は読まなくてもいいと思うと、後年、私は酒の席で井上さんに言った。

お叱りを受けるのを覚悟で言ったのだが、井上さんは優しく笑いながら、

「宮本さんがそう仰言《おつしや》るのだから、きっとそうなのでしょう」

と四十近く歳の離れた若造の無礼を許してくださった。

『崑崙の玉』を読んでいると、長遠な歳月のなかの人間というものが見えてくる。鋭利な刃のような叙情は、井上靖以外には決して書けない世界だということもわかってくる。余人が真似て真似られない文章なのだ。


ある時期の私にとって、この三冊が特別な意味を持つのは、小説というものから遠ざかっていた、いわば文学的空白の期間に、私のところに舞い込んできた数少ない書物だからという理由だけではない。

たったの三冊だが、それらを読んだとき、私は自分の人生にそう何度も訪れるとは思えない厳しく危うい状況にさらされていたからだ。

『アデン・アラビア』は、零落した父が死を迎えつつあったころだったし、『われらが不満の冬』は、その父が死に、母と私は取り立て屋と称される男たちから逃げて、大阪と奈良の県境の町で隠れるように暮らしていたときだし、『崑崙の

玉』は、もう作家になる夢を捨てて、再び就職活動を始めるしかないところまで追い込まれていたときなのだ。

だから、私は自分のあのころを思い浮かべるとき、反射的に三冊の本のことが甦る。

それで最近、私はこの三冊を手に入れたいと思い、出版社に問い合わせた。『アデン・アラビア』以外は絶版になってしまっていた。

親しい編集者が『アデン・アラビア』を求めて送ってくれたが、『われらが不満の冬』も、『崑崙の玉』も、もうどこにもないという。

古書店を丹念に探せば見つかるだろうが、私にはそんな暇はなかった。あれほどの名作が、世の中から消えてしまい、一回読んでしまえばもうそれでいい、電車の網棚に忘れてきても惜しくもない、という類の本が毎月、何百冊と刊行され、一時的なベストセラーとなって書店に積み上げられている。

いまはそういう社会なのだといってしまえばそれまでだが、日本人の民度の根幹にかかわる事態に陥って、すでに何十年もたつことに、あらためて震撼《しんかん》せざるをえない。

私は、かつて自分が読んだ小説を箇条書きにしてみた。思い出せないものもあるが、思い出せるものは全部書きだしてみた。

そのなかの、自分の書棚にあるもの以外について調べてみると、九五パーセントは絶版で、出版社に在庫はなく、あらたに刷る予定もないという。

若い人たちから、ときおり、どんな本を読んだらいいかと訊かれることがあり、私はそのつど、自分が感動した小説や、勉強になった書物を薦めるが、そのほとんどが、書店どころか出版社にもないのだ。

パソコンが普及し、ネット書店の登場のお陰で、私はやっと『崑崙の玉』を手に入れることができた。

持ち主がネットで売りに出していた古書だが、大切に保管されていたらしく、ほとんど汚れはなく、函に歪みもなく、布装のそれは、書物とはかくも品格のあるものだと語りかけてきていた。

いまネット配信による電子書籍の動向が注目されている。

もし、これが日本でも予想を超えるマーケットを占めれば、逆に書店の棚には、値段は少し高くて刷り部数は多くはないが、布装や革装の、子や孫にも継承できる立派で頑丈な造りの書物が、人類の知的財産としての古今の名作が、装いを新たにして復活してくるのではないかと私は期待している。

電子書籍で読めばそれでいいという種類の本が書店から減っていくことで、これまで不当な扱いを受けていた古今の名作が、新しい商品となり、そのための新しいマーケットが生まれはしないかと期待したくなるわけである。

パニック障害がもたらしたもの

私は二十五歳の五月に、突然、得体のしれない精神性の疾患に苦しむようになり、それが「心臓神経症」、あるいは「不安神経症」と呼ばれる病気だということを正確に教えられたのは三十四歳になってからだった。

いまは「パニック障害」とか「パニック症候群」という病名がつけられて、そのための薬も幾種類も登場し、治療方法も確立されてきているが、私が最初の発作に襲われた昭和四十七（一九七二）年当時は、病名も仮につけられたもので、治療法もなかったのだ。

だから、私は最初の発作の日から約九年間、いちにちに何度も起こる激烈な不安発作の正体がわからないまま生きていたことになる。

最初の発作は、日曜日の京阪電車のなかで起こった。会社の同僚と京橋駅で待ち合わせて京都競馬場に行く車中だった。

電車は混んでいて、周りの乗客のほとんどが競馬の予想紙に見入っていた。いいお天気の競馬日和だが、私は四、五日前からなんとなく体調が良くなくて、同僚の誘いがなければ家で休んでいたかった。

その一ヵ月ほど前に、私は阪急電車の新伊丹駅の近くに引っ越していて、京橋までは遠かった。

もし当時、携帯電話というものがあれば、私は同僚に電話をかけて、申し訳ないが行けなくなったと伝えていたと思う。

しかし、同僚はすでに家を出てしまっていて、私が約束をすっぽかしてしまえば、彼は駅で待ちつづけることになる。それで、仕方なく家を出て待ち合わせの場所へと向かいながら、どうも体の調子が良くないのでと説明し、二、三レースつきあったら先に帰ろうと思った。

もうじき淀駅に着くというころ、私は自分がいつもの自分とは違うことに気づいた。自分が自分でないような、神経の焦点が合っていないような、理由もなくかすかな恐怖感が心のなかでかすかに波立っているような、そんな感覚がつづいたあと、私は不意に全身が地の底に沈んでいきそうになって、慌てて電車の座席に両手を突いて支えた。

電車は何の支障もなく走りつづけている。何等かの事故が起こったのではなく、異変が生じたのはこの自分なのだとすぐにわかった。

その途端、どうにも抑えようのない、耐えられないほどの不安と恐怖がせりあがってきた。視界が白っぽかった。

自分にいったい何事が生じたのか、さっぱりわからなくて、とにかくいっときも早く電車から降りたいと思っているうちに、眩暈《めまい》と耳鳴りがして、不安感はさらに強まり、動悸《どうき》が頭の芯にまで響き始めた。全身から血の気が引き、掌《てのひら》が汗で濡れていくのも感じた。

淀駅に着くと、私は同僚に、いまの自分の身に起こっていることを話した。

「きのう飲み過ぎて二日酔いとか、急に血圧が高くなったとか、低くなったとかの、どっちかやないのか？」

と同僚は言った。

昨夜は酒は飲んでいなかったし、血圧の異常はこれまでどの病院でも指摘されたことはなかった。

駅のベンチで休んでいたが症状はおさまらない。近くの病院に駆け込みたいのだが、あいにく日曜日なのだ。

不安感が少し消えたので、私は同僚に、競馬場にはひとりで行ってくれと言って、家に帰ることにした。

帰りの電車のなかで再び強い不安感がぶり返して、私は自分がこのまま死ぬのではないかと本気で思った。

なんとか家に帰り着くと症状はおさまったが、これは只事ではないといういやな予感は消えなかった。

翌日、私は会社の近くにある病院で診てもらった。その最初に診てくれた初老の医師の診断が最も正しかったのだということは、あとになってわかった。だが、それまでに九年という年月を要することになる。

医師は、血圧や心電図の検査をしてから、穏やかな笑みを浮かべ、あなたは元来、自律神経がとても乱れやすい体質なのであろうと言って、それがいかなる働きをしているかについて説明してから、精神安定剤を十日分出してくれた。

「そういう体質だとしても、きのうみたいなことは生まれて初めてなんですが」

「何か悩み事はない？」

「借金がありますねェ。秋に結婚するんですが、その費用を使い込んで、結婚相手にばれんうちに穴埋めしとこうと思って、きのう競馬場に行こうとしてたんです」

「正直なんやねェ。馬券で損する前に帰って来てよかったがな。ますます借金が増えるとこやったんや」

医師は笑い、これからもときどき同じような症状が起こるかもしれないが、大丈夫、死にません、と言った。

その言葉どおり、夜、仕事を終えて帰宅する電車のなかで、きのうよりもさらに烈《はげ》しい症状に襲われたのだ。私は処方された薬を慌てて服《の》んだが、まったく効かなかった。

あの医師はヤブだ。もっと優秀な医師に診てもらおう。

私はそう思い、翌日、会社を休むと設備の整った大きな病院の内科へ行った。

若い医師は、脳波、心電図、胸のX線写真等の検査をして、

「どこも異状なし。小学生でもひとりで電車に乗って学校へ行ってるがな」

と言った。

最初の症状が起こったのが電車のなかだったので、電車に乗るときに同じことが起こるのではないかと不安になって、その不安が実際に症状を引き起こすのだ。

これを「予期不安」という。いずれにしても、気の持ちようだ。

確かにその若い医師の言葉も正しかったのだが、なんとも不親切で面倒臭そうな態度だった。

気の持ちようか……。よし、それならば、気をしっかり持とう。

私は自分に強くそう言い聞かせ、翌朝、勤め先へ行くために家を出て、駅へと歩きながら、

「気の持ちようや。電車に乗るくらいが何やねん。俺は根性があるんや」

と心のなかで繰り返した。

けれども、満員の通勤電車に乗る寸前から根性なんかどこかへ行ってしまい、たった二駅先までの車中で、全身脂汗だらけになるほどの不安に耐えつづけなければならなかった。

もうこんどこそ死ぬ、と思うほどの烈しい不安と恐怖で、乗り換え駅のホームから先へは歩き出せなくなってしまった。

電車に乗れない人間に会社勤めができるだろうか。しかも、私のその奇妙な症状は誰にどう説明してもわかってもらえないのだ。

それ以後、私はいったい何軒の病院で診てもらったことだろう。

脳神経外科にも行った。耳鼻科にも行った。その耳鼻科の医師に至っては、原因は鼻炎だというのである。

「鼻炎で電車に乗ったら、あれほどの不安感が突然襲って来て、死の恐怖で倒れそうになるんですか？」

そう言い返し、ああ、こいつはヤブのなかのヤブだと思いながらも、私は鼻の奥に器具を突っ込まれて洗浄されたあと、薬を貰うために受付で待っていた。もうその時点で、私は「溺れる者は藁《わら》をもつかむ」状態に追い込まれていたのだ。

しばらくすると、診察室でさっきの医師が何人かの若い看護師を集め、一枚の首から上のX線写真を見せながら、

「この両方の頬骨にあるちっちゃな白い点は何やと思う？」

と訊く声がした。

私も、看護師たちのうしろから、そのX線写真を覗き込んだ。なるほど、首から上は髑髏《どくろ》マークそのままだなと感心しながら。

「これはなァ、顔面神経が通ってる穴や。結構太い神経やっちゅうことがわかるやろ？」

ほう。あんなところから顔面神経が出ているのか。私は医学実習を受けている

気分でそのX線写真の上部に目をやった。MIYAMOTOという文字がある。

この野郎、俺の髑髏を肴《さかな》に若い看護師たちと遊びやがって！

私は診療代を払い、病院から出ると、貰ったばかりの鼻炎の薬を捨てた。

それ以後、私の不安発作は悪化しつづけて、会社に行くことは、いわば死地におもむくのと同じ覚悟を必要とするまでになった。

どんな病気も、かかった人でないとその苦しみはわからないというが、まことにそのとおりであって、この病気と無縁の人にしてみれば、電車に乗ることがなぜそんなに恐怖なのか、なぜ死地におもむくほどの覚悟と決意を要するのかと笑うであろう。

だが、私は大袈裟《おおげさ》ではなく、精神的に極度に追い詰められていき、自分のなさけなさや臆病さに嫌気を感じ、自分自身を責めつづけるようになった。

やがて、私は電車どころか、社内会議でも、得意先での打ち合わせでも、デパートや地下街でも、エレベーターでも、高速道路でも、激烈な不安発作に襲われるようになっていった。

私が診察を受けなければならないのは精神科だと気づいていても、当時は心の病というものに対しての社会の認識もケア態勢もなく、心療内科や神経クリニックなどもほとんどなかったが、それよりも、精神科で治療を受けていると知られることは、会社員としては致命的だったのだ。

だから、自分は精神科に行くべきではないのかと思いながらも、なんとか己の精神力で乗り越えてみせようと心を定めて、私は日々の発作に耐えつづけるしかなかった。

そうしているうちに、不安発作は、さらに厄介な発狂恐怖へと進んでいった。

これが、いまから約四十年前の、二十五歳の私がパニック障害という病気にかかったときのあらましである。

けれども、私がここで書きたいのは、もう俺は廃人とおんなじだと思い、失望し落胆し、その苦しさにのたうちながら、ときには隠れて泣くしかなかった病気が、いつのまにか大きな大きな宝物というしかないものをもたらしつづけていたことである。

以降、私が約四十年間にわたるパニック障害という持病によっていかなる宝物を得てきたかを、可能なかぎり具体的に書き記したいと思う。

いま六十四歳になった私は、重症のパニック障害を、完治といっていいまでに克服し、元気に小説を書きつづけている。

原因もわからないし、確たる治療法もない、治る目途《めど》もたたない病気のことを妻の両親には隠したまま結婚した私は、それ以後も日に何度も襲ってくる発作に耐えながら、会社勤めをつづけるしかなかった。

上司も同僚も、最近の宮本はどうも変だなと感じていたはずで、体調が良くないのではないかと訊いてくれたりしたが、私は病気について正直に告白することはなかった。

説明しても、どうにも理解できないであろうし、当時の社会では、それがどんな種類のものであろうとも、精神的な疾患を持つ者への偏見は強かったからだ。

症状はさらに深刻になりつつあった。

テレビのニュースで交通事故の現場が映ったりすると、心臓がドキドキしてきて、死が自分の間近に迫って来ているような思いにかられる。自殺のニュースなどは、テレビの画面どころか、新聞の小さな記事でも目をそむけてしまう。自分もこんなことをやってしまうのではないかという恐怖を感じるのだ。

けれども、私は死への衝動というものにはいちども襲われなかった。いま思えば、それはじつに不思議なことであった。

つい最近、長年にわたる強度のパニック障害が、うつ病へとスライドしていき、死にたい、死のう、という精神状態に陥りやすくなるのだと高名な精神科医に教えられた。その際、医師は、宮本さんはよほど精神力が強い人なのだとつけくわえたが、私を死へと向かわせなかったのは精神力のゆえではない。私に夢のような大きな目標ができたからである。

その当時、私にとっては途方もないとしか言いようのない夢は、パニック障害でもはやどうにもならなくなり、二十七歳にして生きるか死ぬかの、いわば無謀な賭けに出るしかなくなったギリギリのところで見いだした、たったひとつの光明であったのだ。

ある日、得意先で打ち合わせを終えて、ビルから出て来ると、大粒の雨が降っていて、傘を持っていない私は近くの地下街に下りて雨やどりをした。

雨は次第に烈しくなり、やむ気配はない。仕方なく私は書店に入り、目の前の本棚にあった一冊の雑誌を手に取った。私が意識的に選んだのではない。雨やどりのための時間つぶしなら何でもよかったのだ。

それは純文学と呼ばれる小説が掲載されている有名な文芸誌だった。高校生のときに二、三度読んだことはあったが、おもしろくなくて、自分とは無縁のものとなっていた。

その一流の文芸誌の巻頭を飾る短篇小説は、たいていの人が名前だけは知っている著名な作家の最新作だった。おそらく、四百字詰め原稿用紙で三、四十枚の作品だったと思う。

私は書店の通路に立ったまま読み終えて、自分ならこれらの百倍おもしろい小説を一晩で書けると思いながら、その文芸誌を本棚に戻した。その瞬間、私は、小説家になろうと決めたのだ。小説家になったら、電車に乗らなくても済む。毎日、家で仕事ができる。人混みを歩かなくてもいい。もうこれ以外に、私が妻子を養って生きていく道はない、と。

このときの話をすると、百人が百人笑うのだが、嘘いつわりなく、私は本気でそう思ったのだ。

小林秀雄は『モオツァルト』のなかに、

「命の力には、外的偶然をやがて内的必然と観ずる能力が備わっているものだ。この思想は宗教的である。だが、空想的ではない」

という言葉を遺《のこ》した。

「感ずる」のではなく「観ずる」のだ。この一文字の区別の意味は深く大きい。

私はすぐに会社を辞め、小説を書くことにだけ邁進《まいしん》した。

しかし、それと同時に、いやな咳《せき》を頻発した。夕方になると微熱が出て、倦怠《けんたい》感《かん》で三十分近く横にならなければならない状態が毎日つづくようになった。

こんな小説の百倍おもしろいものを一晩で書いてやると思ったのに、事はそう簡単にはいかない。書いても書いても新人賞の一次予選も通過しない。家にいてもパニック発作は襲ってくる。失業保険の給付もあと三ヵ月で終わる。収入は一銭もない。そのうえ肺結核にかかったかもしれない……。

なんだか奈落の底に堕《お》ちていくような日々をすごすうちに、私のなかで発狂への恐怖が始まったのだ。

この恐怖は言語を絶していた。パニック発作の恐怖などはまだまだ可愛いほうだったといっても過言ではない。それに加えて、息をするのもつらいほどの倦怠感。

私が生と死についてつきつめて思考するようになったのは当然のなりゆきだったと思う。

一個の微細な精子と卵子が合体するだけで、どうして命という不思議なものが生まれるのか。それは何のためか。そして、必ずやって来る死とは何か。人間は死んだらどうなるのか……。

どれも三十歳にもならない青年が自分の頭で考えてわかることではない。にもかかわらず、私は考えつづけた。

ふたりの幼い息子の可愛さが、力なく横たわっている私を机に向かわせることも多かった（またどうしてこんなときに年子なんて生まれちゃうのかしら）。

彼方の高い峰を目指すとき、人は必ず谷の最も深いところに降りなければならない、と言った人がいる。それは物の道理である、と。

私はその谷の底にいたのだと思う。なぜなら、まったくの絶望状態にありながらも、私も妻も確信していたのだ。必ず作家への道がひらける、と。

夫婦揃《そろ》って能天気な楽天家と笑われるだろうが、その一点に関してだけは、私も妻も決して疑わなかったのだ。いったい何を根拠とした確信だったのか、いまとなってはよくわからない。

私の生と死への思考の問題は、あるとき「自然」とか「風景」とか人間そのものの真の美しさに向かって一歩を踏み出した。生きよう、すばらしい小説を書こうという死に物狂いの一念が私にもたらした最初の宝物だった。

時を同じくして、私は文学の何たるかを教えてくれる人物とめぐり逢い、手取り足取りの指導を受けるようになった。その人のお陰で、私は小説とは言葉では説明できないものを言葉によって織り上げていくものだと気づくことができた。それは、私という人間のなかからしか出てこないのだから。私という人間を大きくするしかない。この病気は、そのために私の内部から湧き出たのだ。

上手下手はあとからついてくる。心のなかにある風景や自然や人間のさまざまな営みを、愛情をこめて小説として書こう。

私はそう決めて、『螢川』を書き、次に『泥の河』を書いた。この二作は、ふたつの文学賞をたてつづけに受賞したが、受賞後の大事なステップとなる『幻の光』を書き終えてから、私は病院へ行った。咳はひどくなり、ときにその咳と一緒に血が出るようになっていたのだ。

X線写真に写った私の両肺の上部は真っ白で、小さな空洞が三つあった。肺結核だった。

「よくまあこうなるまで病院に行かなかったものだなァ」

と医師はあきれ顔で言った。

小説家になるために死に物狂いになっていて、それどころではなかったし、もし入院ということになれば、あるいは夢をあきらめなければならなくなる。だから、病院に行かなかったのだ。

しかし、そんなことをさすがに医師には言えなかった。

母と妻とふたりの息子に感染しなかったのは、私の体内から結核菌が出ていなかったからだということはあとになって判明した。それもまた、なんとも不思議な幸運だったとしか言いようがない。

半年間の入院生活と約三年余りの自宅療養をつづけて、もう薬は服まなくてもいいと医師のお墨付きを貰ったのは三十四歳のときだ。

肺結核は治ったが、パニック障害はひきずりつづけていた。けれども、発作が起こったときのやりすごしかたを私は少し会得しかけていた。

これなら、たまに発作が起こっても大丈夫だなと思い始めた矢先、かつてなかったほどの発作に襲われた。激烈な発狂恐怖も伴っていて、私はついに精神科の診療を受けることにした。『錦繡《きんしゆう》』という小説を半分ほど書いたころである。

二十五歳で発作に見舞われてから九年がたって、うつ病でもなければ強迫観念症でもない、統合失調症でもない、典型的な不安神経症だという診断が下された。

「発狂なんかしませんよ。この発作で死んだ人なんてひとりもいません。天才は、ほとんどこの病気を持っています。発作があまりきついようだったら、この薬を服みなさい。すぐにらくになります。胃がもたれたら、胃散を服むでしょう？あれとおんなじだと思ったらいいんです」

精神科医は柔和な笑顔で言って精神安定剤をくれた。天才云々《うんぬん》は、私を元気づけるための言葉だったと思う。

その薬が私の常備薬となってもう三十年がたつ。服用することは滅多にないが、いわばお守りのようなものである。


さて、私がパニック障害という病気によって得た多くの宝物についてだが、もはやそれをひとつひとつ具体的に述べる必要はなさそうだ。他者の痛みが少しはわかるようになったということだけでも充分ではないだろうか。

それからもうひとつ、心の力というもののすごさをわが身で知ったこともつけくわえておく。

ああ、さらにもうひとつ、悪いことが起こったり、うまくいかない時期がつづいても、それは、思いもかけない「いいこと」が突如として訪れるために必要な前段階だと信じられるようになったのだ。

世界、時間、距離

阪神・淡路大震災が起こった年の五月末から約四十日間をかけて、シルクロード六七〇〇キロの旅をしたことは前にも少し触れた。

旅の目的は、大乗経典三百数十巻をサンスクリット語から漢語に翻訳した訳経僧・鳩摩羅什《くまらじゆう》の足跡をたどることであった。

さまざまな説はあるが、羅什の生年は西紀三四四年で、没年は四〇九年というのがいまのところ有力なようだ。

羅什は、現在の中国新疆ウイグル自治区のクチャ、当時の亀茲《きじ》国に生まれた。タクラマカン砂漠の北側、東西二〇〇〇キロにわたってつらなる天山山脈のちょうど真ん中あたりの南麓に栄える小さな王国だ。

父は、インドの小国の宰相であった鳩摩羅炎で、母は亀茲国王の妹・耆婆《ぎば》である。

クチャに滞在し、羅什にゆかりのあるものに触れたり見たりするのは、旅の最大の目的であったが、炎暑の日々に耐えて、やっとの思いで辿り着いたかつての亀茲国には、羅什の存在をわずかにでも感じさせるものは消えてしまっていた。

オアシス街のはずれ、それも荒涼とした黄土色の土や石だけがうねっているところに、かつての亀茲国の王城であったというスバシ故城が、文化財保護を受けることなく、千数百年間にわたって放置されていた。

故城と呼ばれていても、大きな土のかたまりにすぎない。周りには腹をすかせた野犬がうろつきまわって、物騒このうえない。

大袈裟でなく、命がけでこの地にやって来た私はひどく落胆し、砂嵐に浸食された故城の一角に坐って、ただ黙するしかなかった。

日が落ちかけて風が強くなったので、私はクチャの町にあるホテルに戻って、とりあえずシャワーを浴びた。いったいどこに付いていたのかと首をひねりたくなるほどの微細な砂粒がシャワーの水と一緒に流れ落ちる。浴びても浴びても、砂は私の体のどこかから出て来るのだ。

自分までが砂漠になってしまったという気がして、旅はまだ半分も終わっていないことを思い合わせ、私はシャワーを浴びながら、その場に坐り込んでしまった。そのとき、ホテル中の明かりが消えた。クチャの町全体が停電したのだ。

ホテルの、まだ十六、七歳の女従業員がローソクを持ってきてくれたが、私は、火をつけなくても結構だと言い、ベッドに横になった。なんだかまだ砂粒が体からこぼれ出ている気がして仕方がない。

夜になると、町のすべてが停電なので、窓から星が見えた。ものすごい数の星である。

三千大千世界という言葉があったなと思い、私は日本から持って来た仏教哲学の辞典を出すと、ローソクに火をつけ、それをベッド脇に置いて「三千大千世界」についてあらためて調べてみた。

これは仏教の世界観で、ひとつの宇宙にたとえるとわかりやすくなる。

太陽があり、その周りには惑星である水星があり、金星があり、地球があり、またその周囲にも衛星があり……。それを小世界と呼ぶ。

小世界千個で小千世界となり、小千世界の千倍が中千世界となり、その中千世界がさらに千倍集まって大千世界となる。

これらを総称した三千大千世界が宇宙には無数にあると説かれているのだ。

日本からクチャへ来ただけで音をあげている軟弱者には思議しがたい。荒唐無稽な空想力を駆使しても、どうにも思い描けない世界なのだ。

そうだ、仏教では時間の長さを「劫《こう》」という言葉であらわす、と私は思い、ローソクの明かりを頼りにページを繰った。

「計りがたい長遠な時間の単位をいう」と書かれてある。

三千大千世界のすべての国土を粉々にすりつぶして砂粒状にして、東方へと猛烈な速度で進み、千の国を過ぎるごとに一粒を落としていく。こうしてすべての砂粒を落とし終えたあと、砂を落とした国土も落とさなかった国土もことごとく合わせて、また粉々にすりつぶして砂粒とする。その一粒を一劫とかぞえる……。

読んでいるうちに、私は頭が変になりそうで、「劫」という時間の尺度は、距離をもあらわすのではないのかと考えた。

また、たいていの人間は、そのくらいのことは考えつくのであるが、三千大千世界の国土をすべてすりつぶして粉々にして、千の国土を過ぎるごとに一粒を落とし……、その砂粒をすべて落とし終えるまでの距離となると、これもまたどんなに荒唐無稽な空想力を発揮しようとも空想不能である。

だが、この仏教の宇宙観、時間と距離の概念が真実として信じられることができたら、私の何かが根底から変わる。変わらざるを得ない。

三歳で死ぬ人、十二歳で死ぬ人、二十代で死ぬ人、三十代で、四十代で……。百歳まで生きる人。たいした差があろうとは思えない。

三千大千世界や劫という長遠な時間と距離を包んでそれらの全体でうねっている力のなかでは、私という人間がいつ始まっていつ終わるのかもわからなくなるではないか。

クチャの停電の夜に、私はこの途方もない宇宙観を信じなければならないと思った。

しかし、どうすれば信じることができるのか。

シルクロードの長い旅の後半、私は毎夜、日本では絶対に見ることのできないすさまじい星々を目にしつづけた。それ以外、何もなかったからだ。

パキスタンのカラコルム山脈のなかの集落に入ると、住民たちにとって電気は極めて貴重なものであって、ほとんどの家々では、日が落ちるとランプに火を灯す。電球があっても、それは何か祝い事があったり、村の大事な集会を催すときしかスイッチを入れない。

ホテルには外国の宿泊客のために、小さなロビーや食堂にテレビが一台置いてあるが、衛星放送以外は受信できない。日本の衛星放送などは滅多に映らなくて、英語、アラビア語、スペイン語の、主にニュースばかりが映るだけなので、他に何もすることがなくて、星が最もよく見える場所に坐り、ただ黙念と夜空に目を向けるばかりなのだ。

電気が発見され、電球が発明され、それらが普及するまでは、地球上のあらゆる人々は、そんな生活をしていたはずなのだ。

娯楽もない、電気もないとなると、夜は寝るだけだが、そのぶん、人間には考える時間が充分に与えられる。多くのことを感じる時間もいやおうなく持たざるを得ない。

七〇〇〇メートル級の峰々がつらなるカラコルム山系を南下するにしたがって、インダス河は幅広い急流へと変わっていき、道は断崖絶壁の縁に沿って進む。じつに険難な道である。

パキスタン北部のフンザやギルギットやチラスからペシャワール近郊にかけては、かつてはガンダーラと呼ばれた地域だ。

私はフンザで三泊、ギルギットで二泊、チラスで一泊したが、毎夜、飽きることなく夜空の星々に見入りつづけた。

ある夜、空の黒い部分よりも星の光のほうが多い瞬間にでくわした。そのときの気象条件が、人間の視力に錯覚をもたらす一瞬を与えたのだと思う。

自分の目に見えている宇宙空間よりも星の数のほうが多いとはいかなることか。私はなんだか恐怖に似た思いに包まれたが、このような星空に遭遇することは二度とないだろうと考えて、木の長椅子にあお向けに横たわり、三千大千世界のほんの一部の、塵《ちり》ほどの大きさにすぎないのであろう夜空を眺めつづけた。

そうしているうちに、すさまじい星々が、鏡に映っている自分自身に思えてきたのだ。

夜空は巨大な鏡で、そこに自分が映し出されている。あの星々はみんな俺だ……。

だが、そんな感じがしたのも一瞬で、ある種の啓示に似た想念はたちまち消えた。もういちど同じ感覚にひたろうとしても、それは甦ってはこなかった。

長い過酷な旅を終えて日本に帰国してから、私は再び「三千大千世界」や「劫」について勉強し、これらは真実をどうしたらわかりやすく伝えられるかの譬喩《ひゆ》だと考えたが、その譬喩によって示そうとしたものが真実であるならば、譬喩はそのまま真実として信じなければならないのだと知った。譬喩は譬喩のまま真実なのだ、と。

同じころ、私はテレビのドキュメンタリー番組で、人間の卵子が卵巣から生み出され、それが卵管を通って精子と合体し、細胞分裂を始める場面を観た。どういう方法で撮影されたのかわからないまま、なにかしら厳粛な心で画面に見入っていた。

その十七年前のテレビの映像はいまでも私のなかから消えていない。

そしてこれもまた不思議なことだが、何ヵ月かあとに、こんどはハッブル宇宙望遠鏡がとらえた星や銀河や星雲の数々をテレビで観た。

そのなかに、これは地球から何十万光年彼方の星雲で、大きさは我々の住む地球も含まれる銀河系の五十倍というのがあった。

星雲は赤やオレンジや紫の帯状の光でうねっていたが、その中心部に管のような形の光とも物体ともつかない突起があって、先端に青くて丸い何かの種のようなものが付いている。いままさに生まれかけている新しい星の、いわば赤ちゃんだという。

赤ちゃんといっても、大きさは太陽の約二百倍、温度は四百倍とナレーターは説明した。

それは私が何ヵ月か前にテレビで観たものと同じだった。星雲のなかに卵巣のような形があり、卵管と似た管状の突起物があり、卵子にそっくりな、まだ星になっていない星がそこから生み出されようとしていたのだ。

人々のつながり

前にも書いたが、私は二十五歳のときに重症のパニック障害にかかり、会社勤めを辞めざるを得なくなった。ひとりで電車に乗れなくなった人間にサラリーマン生活をつづけることは不可能だったのだ。

作家をこころざして小説を書き始めたが、幾つかの文学賞に応募しても落選ばかりで、生活のために、やはり働かねばならなくなり、電車通勤をしなくてもいいところに働き口はないかと家の近所を自転車に乗って探し回った。

そんなに簡単にみつかるはずはないと思いながら、家から十分ほどの交差点まで来て、さて右へ行こうか左へ行こうかと少し迷って、私は理由もなく左へ曲がった。

すると「建築金物　和泉商会」という看板が目に入った。その店の出入り口のところに「社員募集」の紙が貼ってあったのだ。

私は建築金物のことなんか何も知らないが、まあなんでもやっているうちに覚えるものだし、仕事を選んでなんかいられない、妻とふたりの子がいて、母はビジネスホテルの社員食堂で汗まみれになって働いて、作家になるといって会社を辞めてしまった息子のことで心を痛めている。こうなったら当たって砕けろだ、と思い、和泉商会へと入って行った。

社長は面接すると、あしたから来てくれと雇ってくれた。

当時、和泉商会は、社員はひとりだけで、社長の奥さんが事務を担当していた。商売を始めてまだ二、三年で、阪神間の工事現場をこまめに訪ねて行って販路を拡張させせようと懸命だった。

私は、和泉商会で働き始めた日から、社長と一緒に車であちこちの工事現場を廻り、註文《ちゅうもん》の貰い方とか、建築金物の基礎知識などを教えてもらったが、そんなものは一朝一夕に覚えられない。

現場によっては夜遅くまで突貫工事をしているところもあって、店を閉めかけたころに、あれとこれをすぐに持って来てくれと電話がかかってくれば、遠くても配達しなければならず、帰宅は十時、十一時になる。

これでは小説が書けないと悩んで、私は二ヵ月くらいで和泉商会を辞めた。

それから一年後に『泥の河』で太宰治賞を、その翌年に『螢川』で芥川賞を受賞したが、芥川賞のときには和泉商会の社長からお祝いの清酒を頂戴した。

私はその後、肺結核で入院し、療養生活をつづけて、和泉商会からは遠く離れた地に引っ越したりもしたので、和泉さんご夫妻とはまったく疎遠になってしまった。

和泉商会で働いていたときから二十年近くたったころ阪神・淡路大震災が起こった。

私の家も壊れて住めなくなったが、四、五日たつと、和泉商会はどうなったろうと心配になってきた。

和泉さんご夫妻の住まいは大阪の豊中市にあったし、地震は早朝に起こったので、生命の危険はなかったであろうが、あの二階が倉庫になっている店舗はぺちゃんこにつぶれたかもしれない。

そう考えて、私は車を運転して和泉商会へ行ってみた。建物は無事だったが、別の会社の看板がかかっていた。

どこに引っ越したのか調べようがないまま、さらに十数年が過ぎた。

和泉さんの奥さんから突然の電話を頂戴したのは五年前である。夫は数年前に亡くなり、和泉商会は私が後を継いで、社名も変更して豊中市で商売をつづけてきて、いまは息子が社長になっていると語ったあと、

「私の父の遺品を整理していたら、手記のようなものが出てきた。父も母も私も妹や弟も、終戦を現在の北朝鮮の城津《ソンジン》というところで迎えたのだが、その城津から三十八度線を越えて日本へ帰国するまでを書き記しておこうと考えたのであろう。私たちの手元に置いておくよりも、宮本さんに読んでもらったら、何かのお役に立つかもしれないし、父も喜ぶのではないかと思う」

和泉喜久子さんは、そんな意味のことを早口で言った。

終戦後の北朝鮮から？　幼い子供たちを伴って三十八度線を越えて？

私は、それはじつに貴重な手記ではないのかと思った。軍人でもなければ、当時の政府の要職者でもない一庶民の手記なのだ。

「三十八度線を越えるっていうのは、当時は命懸けだったでしょうね。決死行ですね」

私はそう言った。

「それも陸路とはちがいますねん。海を帆かけ船で」

「船で？」

「私ら家族以外に、お父ちゃんは百五十人近い日本人も乗せてあげはりましてん」

私はその手記を是非読みたいと思った。

自分の数奇な半生記を読んでくれとか、亡き妻の晩年の詩を批評してくれとか、私のもとにはよくそういった依頼の手紙が届くが、私はすべてお断りしている。しかし、和泉さんの話を聞いて、なにか勘のようなものが働いたのであろう。

私は日時を約束しあって和泉さんのお宅を訪ね、父君が遺した手記やメモ類などを見せてもらった。

そのなかに小さな布製のリュックサックがあった。一隻の帆船で決死の脱出行へとおもむく前夜に、父君が喜久子さんのために自分で縫って作ったリュックサックだった。

それには喜久子さん宛ての一通の手紙が添えてあった。

——これは思い出のリュックサックである。北朝鮮の城津港から三十八度線を越えて日本の土を踏むまでのつらく厳しい決死行のあいだ、あなたはこのリュックサックを背負いつづけていたのだ。

そんな意味のことが書かれてあった。

リュックサックは、縦が二五センチくらい、横が二〇センチくらい。五歳の幼女の背中の大きさに合わせて作られていた。

私は手記帳も手製のリュックサックも、あとで必ずお返しすると言って、それらを預かり、帰宅すると、すぐに手記を読み始めた。

父君の名は横田久治氏。戦時中に朝鮮北部の城津にある日本人町へ新妻と渡り、呉服や洋服を売る店を始めて、多くの朝鮮人と交友を深めたようだった。まだ三十歳になるかならないかの青年だったのだ。

手記は、日本に無事に帰り着き、京都市内になんとか一家で暮らせる家を見つけたころに書き始められていた。

横田久治氏は、昭和二十年八月十五日に敗戦を知ったときから、幅三メートル長さ二十数メートルの帆船で海路三十八度線を目指し、幾度も命の危険と遭遇しながら、奇跡的に祖国へと帰り着き、京都に安住の地を得るまでのことをすべて書き記すつもりでペンをとったのであろう。

だが、敗戦後の日本では、その日その日を生きるための苛烈な闘いが待っていて、手記は途中で終わっていた。

ちょうどそのころ、私はある女性誌で、『水のかたち』という小説の連載を開始したばかりだった。善き人々の連帯――それが『水のかたち』のテーマだった。私は横田久治氏の手記を小説と合体させようと決めた。小説のなかに嵌《は》め込むことで、横田久治氏という無名の青年の行動力、決断力、勇気、智慧《ちえ》によって、北朝鮮に足止めされていた百五十人近い日本人が救われた事が永遠に刻まれる。そしてそれは『水のかたち』という小説のテーマをさらに膨らませるものだ。私はそう判断したのだ。

そのためには、中途で終わっている手記を誰かの手で完結させなければならない。

私は編集者と相談し、和泉喜久子さんに電話をかけて、決死行をともにしたお母さまの年齢を訊いた。

八十六歳になったが、とても元気で記憶力もしっかりしているということだった。

数日後、私と編集者は、横田久治氏の妻・君子さんが待つ和泉家を訪ね、終戦の日から祖国の土を踏むときまでの出来事を語ってもらい、それを録音した。

とにかく昔のことなので、話はあっちへ飛びこっちへ飛びではあったが、聞いている私や編集者がときに絶句するほどの臨場感を持つ内容だった。

なによりも私が心を打たれたのは、城津の町で身をひそめる横田家の人々を救ったのが現地の朝鮮人であったことだ。

進攻してきたソ連兵、暴徒と化した朝鮮人は、日本人町に住む人々の多くを殺し、家財を奪ったが、横田久治氏が自分の店で雇い、従業員として大切に扱った朝鮮人たちは、この家は空き家だ、他の家の家探しをしろと嘘をつきとおしてくれて、食べ物をこっそりと運んでくれたという。

もはや陸路で三十八度線を越えるのは不可能だ。いちかばちか、海路を使え。それ以外に脱出方法はない。そう勧めて、船の手配をしてくれたのも朝鮮人の友だちだった。

俺たち家族だけで行くわけにはいかない。百五十人近い同胞もつれて行く。横田氏はそう言ってきかなかった。三十歳になるかならないかの青年がである。

横田久治氏の夫人が話したことすべてをここで書くことは紙幅の都合上できないが、そのような青年が終戦直後の朝鮮北部の城津という町にいたのだ。

夫人の話は、一家が日本に帰り着いたところで終わったのではない。それ以後の生活のための悪戦苦闘から、ネクタイの製造販売という商売を思いつき、それを軌道に乗せていくまでの数年間へとつづく。

善き人々の連帯――これがいまほど希求されている時代はないのに、人々はそこに向かって具体的に動こうとはしないのだ。人種や学歴や社会的地位などとは関係なく、ひとりひとりの人間がいかに尊貴な存在であるかを知らないが故だと思う。

それはともかく、わずか二ヵ月にせよ、私が建築金物の「和泉商会」で働いていなかったら、横田久治氏の手記や小さな手製のリュックサックに巡り合うことはなかったのだ。

田園の光

幾つかのご縁が重なって、富山県の北日本新聞で小説を連載することになった。毎日曜日ごとに原稿用紙八枚分を掲載して、そこには挿し絵も入るという案が出されたのは二〇一一年の夏だった。

準備期間が必要なのだから、連載開始は再来年の最初の日曜日からであろう。それなら書ける。私はそう目算して、よし、やりましょうと返事をした。

だが、どういうめぐりあわせか、翌年の元日が日曜日だったのだ。せっかく連載を開始するのだから、日曜日でありながら元日でもある二〇一二年一月一日からお願いできないかと、遠慮ぎみではありながらも、絶対に「うん」と言わせてみせるといった気迫で担当記者から直談判されて、

「えっ！　あと四ヵ月もないいんだぞ。長篇小説を連載するんだぞ。ムチャ言うな」

と私は言い返した。

とにかく、どんな小説を書くのか、まったく思い浮かびもしない状態だったのだ。北日本新聞での連載なのだから、富山が主要な舞台となる小説を、くらいしか考えていない。

「社長にも編集局長にも文化部の部長にも、宮本さんに『うん』という返事を貰うまでは富山に帰って来るなと言われました」

担当記者はそう頭を下げつづけるが、富山に帰らないぞと決めて来たのは彼の意思なのだとわかって、

「帰ってもらわないと困るよなァ」

と困惑しながら私は言った。「うん」と返事をしたのと同じである。

そのとき、私は夏の仕事場である軽井沢にいて、多くの連載小説をかかえていた。

まぁ、なんとかなるだろう。これまでもなんとかなってきたのだ。私は自分を懸命に鼓舞して、担当記者に富山へお帰り願ったが、彼が帰ったあと、とんでもないことになったなァと頭をかかえこんだ。

九月の初めに、私は車で軽井沢から富山へ向かった。とりあえず、富山の農村

をみておこうと思ったのだ。それで、天気のいい日を選んで上信越自動車道から北陸自動車道へと入り、日本海沿いに走って行った。

かつては旅人にとって最大の難所であった新潟県の親不知《おやしらず》を過ぎると、すぐに富山県との県境を越えて、下新川郡朝日町に入る。

その瞬間、途轍《とてつ》もなく広大な田園風景がひらけた。左側に立山連峰と北アルプスの峰々、右側に日本海。

なんと豊かな田園であろう。私はいささか驚きながらそう思った。すると、たちまち朝日町を過ぎて入善町《にゅうぜんまち》に入った。「名水の町　入善」と書かれた看板があって、インターはすぐ目前だった。

「名水というのは天然の湧き水やなァ。喉が渇いたから飲みに行こうか」

私は、車を運転してくれているHくんに言った。私の事務所の運営は、このHくんにすべてをまかせている。

「冷たい湧き水を飲みたいですねェ」

と答えて、Hくんは入善インターを降りた。そこは田園地帯のど真ん中だった。富山の農村独特の「屋敷林」に囲まれた農家が点在している。

どこへ行ったらその名水なる湧き水が飲めるのか、とにかく駅へ行こう、駅員さんに教えてもらおう、ということになり、私たちはロードマップを見て、ひとまずJR入善駅へと向かった。

その日が、富山ではめったにない上天気で、刈り入れを三週間後に控えた稲穂が色づきかけていて、大きなトンボが飛んでいて、雲ひとつない青空が、日本海にも立山や北アルプスの上空にもひろがっていたということが、いかに幸運であったかをあとから知った。

富山は、北アルプスの峰々の巨大な屛風《びょうぶ》の向こうから吹いてくる冷たい風と、富山湾から上昇する暖かい気流がぶつかり合うために、天気はつねに烈しく変化する。天気予報などあてにならず、晴れていても突然黒雲に覆われて雨が降ってくる。

だがその日は一日中好天がつづいた。

私たちは入善駅から海へとつづく田園を進み、高い防波堤の手前にある湧水ポイントで冷たい水を飲み、それをペットボトルに入れた。

「うん、うまいなァ。ミネラルたっぷりで、どれだけ汲んでも、ただや」

「入善漁港に行きませんか？　そこから黒部川沿いにずーっとのぼって行くと宇《う》奈月《なづき》温泉です」

Hくんは地図を見せながら提案した。

私たちは入善漁港へ行き、その横の岸壁で糸を垂れている釣り人たちの釣果を覗き込んだりしたあと、黒部川の堤を山側へと走りだした。

川の左右にひろがる広大な田園地帯は、「黒部川扇状地」と呼ばれている。航空写真で見ると、山裾から富山湾へ向かって田園地帯が見事な扇状でつづいているのがわかる。

黒部川は、かつてはどうにも手に負えない暴れ川だった。氾濫した水は扇状地を水浸しにするだけでなく、地下に伏流し、作物を壊滅させてきた。

そのうえ、黒部川の源流は北アルプスの中央に位置する標高二九二四メートルの鷲羽岳《わしばだけ》で、富山湾までの距離はわずか八五キロなのだ。

明治時代に治水工事の指導のために来日した外国人技師が、これは川ではなく滝だと言ったという。

だから川の氾濫は、田園や畑を水で溢《あふ》れさせるだけでなく、そのあまりの冷たさで作物をすべて殺しつづけることになった。

この難題を劇的に解決したのは、約十年間にわたってつづけられた「流水客土」という方法だった。黒部川の上流から粘土や泥を大量に流しつづけると、急流でそれらは下流へと落ちていき、氾濫と一緒に扇状地を覆う。暴れ川の性質を利用して、米造りに適した土で扇状地全体を改良したのだ。

　同時に地下に伏流していた水は、良質の天然水として湧き出て農家に恩恵をもたらし、富山湾にプランクトンを育てて漁場を豊かにした。

　私は、持参した富山県のガイドブックで簡単に説明されている「黒部川扇状地」の歴史を読みながら、成功か失敗かしかないであろう「流水客土」という荒業を昭和二十年代によくも断行したものだと思った。

　黒部川の堤は一本道ではなかった。川の上流に向かって左側が入善町、右側が黒部市なので、堤の道が途切れるたびに入善町の田園地帯へと迂回《うかい》したり、黒部市側の県道へ出たりしながら、私たちは扇状地の要の場所を目指した。

　川の浅瀬に釣り人たちの姿があらわれた。腰まであるゴム製のズボンを穿いて、鮎《あゆ》釣り用の竿《さお》を使っている。しかし、いくら鮎といっても、この急流で釣れるのだろうか。ひょっとしたら、鮎ではなく別の魚ではないのか。もしそうだとしたらどんな魚なのだろう。

　私は気になって、車から降りると川べりへの坂道を歩いて行った。

　とにかく流れが速く、水量が多いので、川のなかで踏ん張って竿を振っている釣り人には私の声は聞こえそうにない。何を釣っているのかと問いかけても無駄なようだった。

上空では鳶《とび》が大きくゆっくりと円運動をつづけ、目の高さのところでトンボ同士がぶつかりそうな直進飛行をしている。

カチリ　石英の音　秋

私は誰かの短い詩を思い浮かべて、川辺の丸い石に腰を下ろした。そうやって、小学三年生を終えるころから五年生になるまでの富山時代の出来事を心のなかで振り返った。

父は大阪での事業に失敗し、知人と新しい商売を立ちあげるために富山へと引っ越したのだ。

けれども、それはうまくいかず、父はすぐに見切りをつけて自分ひとりだけ大阪へ帰った。残された母と私は、富山市大泉というところの大工さんの家の二階を借りて、大阪へ帰れる日を待った。

父は毎月の末に生活費を送ってくれていたが、やがて滞りがちになり、冬が始まったころには送金が途絶えてしまった。

生活を立て直すために懸命に奔走しているであろう夫のことを思うと、母は勝手に大阪に帰るわけにはいかず、ほとんど毎日、私を郵便局に行かせた。現金書留が届いていないかを訊くために、私は自転車で郵便局へ行ったが、そんな私を見ると、郵便局員が先に気の毒そうに首を横に振るようになった。

母が突然、喘息《ぜんそく》の発作に襲われたのはそのころだ。それは決まって夕暮れ時に起こった。私はそのたびに自転車で病院へ行き、お医者さんを荷台に腰かけさせて家へと走った。

治療費はどうやって払ったのか、記憶からは消えてしまっている。お医者さんが待ってくれたのだろうか。

富山での一年間には、いい思い出はひとつもないようだが、夏、早朝に父とよくサイクリングをしたな。母が作ってくれた弁当を荷台にくくりつけて、父と並んで、田園の道を行き当たりばったりに自転車を走らせ、どこかの農家の庭で井戸水を飲ませてもらいながら弁当を食べた。

楽しい思い出といえばそのくらいだが、まさかあれから約五十年後に、富山の北日本新聞で小説を連載することになろうとは。人生とは不思議なものだな。

私はそんなことを思いながら、黒部川の堤へと戻って、入善町の田園に見入った。

傾きかけた太陽が扇状地全体を輝かせていた。余熱を孕《はら》んだ風が海のほうへ吹いていて、稲が揺れるたびに視界は明るい玉虫色で波打った。

そのとき、私のなかで小説が生まれて動きだしたのだ。これから書き始めるであろう小説の部分と部分が順不同に映像となって浮かびあがってきたのだ。題もすぐに浮かんだ。『田園発　港行き自転車』。

そんなことは小説を書くようになって約三十八年のあいだにはいちどもなかったことだった。

私はいますぐにも軽井沢の仕事場へ戻って書き始めたかった。書かないと消えていく。そんな思いが私を焦らせた。

私は何に触発されたのだろう。小説家はいつも何かに触発されて、テーマや素材や物語や登場人物たちを創造していくのだが、黒部川の堤から入善町の田園を眺めただけで、私のなかで何が起こったのか、どうにも説明することはできないのだ。

私は約束どおり、二〇一二年一月一日から北日本新聞で『田園発　港行き自転車』の連載を開始して、いま原稿用紙で六百六十四枚分を担当記者に渡してある。千二百枚の長篇になる予定だ。

消滅せず

ひとりの老人の死は、一つの図書館の消滅に等しいということわざがある。いつどこで読んだのか忘れたが、そのとき、私は若いころの一時期に憑《つ》かれたように考えつづけたある種の幻想、もしくは解けない謎の沼のなかに再びもぐり込んでしまった。

もうじき三十一歳になろうとするころ、私はかなり重症の肺結核で病院の隔離病棟に入院させられるはめとなった。そこには同病の老若男女が十二、三人いた。

他の病棟には、結核患者以外の病人もたくさん入院している。そこでは、死は日常的な出来事だった。

遺体は、霊柩車《れいきゅうしゃ》ではなく、仮の棺《ひつぎ》に入れられて葬儀社のワゴン車で自宅なり葬儀場へと運ばれる。入院患者に見えないように裏門から出て行くのだが、結核病棟はその裏門の近くに建っていて、いやでも病室の窓から見えてしまう。

十日近く、その白いワゴン車を目にしないときもあれば、いちにちに三回も四回も裏門を出入りするさまを見るときもあった。しかしどんな場合でも、私たちは白いワゴン車が出て行くときは、つかのま一様に無言になった。

私が入院したのは一月だったが、二月半ばのとりわけ寒い日に、結核病棟の長老が死んだ。みんなはその七十五歳の無口な男性を「長老」と呼んでいたのだ。

入院したのは五年前で、それまでは腕のいい建具師として名が知られていたそうだ。幾つかの賞を受賞し、京都や奈良の有名な神社仏閣の改修工事の際には彼はしばしば指名されたという。私は「長老」に見舞い客が訪れたのを見たことはないし、家族らしい人が来たという記憶もない。

「長老」の遺体が裏門から出て行ってしばらくして、Nさんという五十半ばの婦人が一冊の写真集を持って私の病室にやって来て、これらはみんな「長老」の仕事だと言った。神社や寺、重要文化財に指定された古い建物の、引き戸や開き戸や鴨居の写真の下には製作年月日と「長老」の名があった。

略歴を読むと、福井県の若狭に生まれ、十三歳で京都建具の名人に弟子入りし、五十歳で独立を許されたそうだ。つまり、師匠のもとで三十七年間修業をつんだことになる。

私は、その写真集を貸してもらって、ときおりページをめくり、名人の世界というものに触れたが、そのうち、この人が長い修業によって得たものは、死とともにすべて消滅してしまうのだろうかと考えた。

建具師の世界だけではない。それら職人の職種は多岐にわたるが、学問やスポーツや芸術の分野でも、高度な技量と抜きん出た才能を持つ人がいる。そして、どれもひとつとして努力と不断の修練なしでは体現不能なのだ。それらは、その人がこの世から姿を消すことで無と化すのだろうか。

継承者に技術や知識を伝えることはできても、それはどこまでも継承者のものになるのであって、伝える人だけがもっていた独自の個性とは別物である。

「長老」の死によって「長老」だけの才能も技も消えて行ってしまうのか……。

私は、どうにも納得がいかなかった。特別な学問的知識や天才的な技量以外にも、秀でたものを持っている人が世の中にはたくさんいる。

たいした学歴もなく、金持ちでもないし、どこにでもいそうな平凡なおじさん、おばさんなのに、世間で培われた経験に富んでいる人たちを私は知っている。悩んでいる者や苦労の渦中にいる者を励ますことに関しては名人だという人も私はたくさん知っている。

そのような人間性の善き特質も、死とともに消えうせるというのか……。

おそらく、肺結核で隔離病棟に臥《ふ》している状況だったからであろうが、夜中に明かりを消して、ベッドに横たわっていた私は、「いや、消えない。なくなってしまったりするものか」と思った。その人は、その知識や技量をそっくりそのまま持って、再び生まれてくるのではあるまいか。そうでなければ、天才が世に出現するはずがない。突然変異のように鳶が鷹《たか》を生んで、並み居るおとなを驚愕《きょうがく》させる頭脳や身体能力や精神性を発揮する子どもが出現するのには科学的根拠が必ず隠れているのだ。

私はそう確信したが、しからば科学的根拠とは何かと自問すると答えは出そうになかった。遺伝子とは別の次元のことだという気がしたからだ。


最近、四十数年前に二、三度逢ったことのある人を思い出した。

私が大学生になったころの友人の家に間借りしていた奇妙な男のことである。

友人の家は大阪市阿倍野区の、棟割り長屋や古い木造の二階屋がひしめくところにあって、戦前の小学校の校舎を三分割したかのような外観だった。友人の父親は、もう何年も前に亡くなっていた。

一風変わった間取りで、一階の八畳と六畳の部屋の上に、友人とその妹の部屋があるのだが、中二階にも天井の低い畳敷きの部屋があった。友人の部屋に行くには、使い込んだ長火鉢のある八畳の間の奥にある階段をのぼり、部屋とも踊り場ともつかない板の間から中二階の小部屋を通り抜けて、さらに低い階段をのぼるのだ。

この中二階と言えば言えるようなところにある畳敷きの部屋は何のためにあるのかと訊いても、友人は、知らない、昔からあるが誰も使ったことはないと答える。私はよくその家に遊びに行って泊めてもらったが、ある日、初老の小柄な男が中二階の部屋で石油ストーブひとつを置いて坐っていた。

おとといから、あの部屋に住むようになったのだと友人は説明してくれたが、一家とどんな関係にあるのかは口にしなかった。

友人の母親は、店を持たず、個人で呉服用品を販売する商売をしていて、日常的に着物を着る人たちが顧客だった。茶道や華道の先生や、当時の大阪にはまだ少なくなかった花柳界で働く人たちである。

反物や仕立てた着物などを持って、バスや電車で得意先を訪ねるのだが、月末の三日間ほどは集金もしなければならない。宮本くんがその三日間、車を運転してくれるならアルバイト料を払うが、どうか。

そう頼まれて、私は月に三日間だけの運転手を務めることになった。友人は運転免許証をまだ持っていなかったのだ。

得意先は大阪市内だけではなく、あちこちに分散しているので、阿倍野区から住吉区へ行き、そこから堺市や岸和田市へ走り、次は福島区から茨木市へと、なんだか効率の悪い仕事が終わると、たいてい夜の九時近くになる。それで私は、アルバイト中の三日間は家に泊めてもらうことにした。

最初の夜、母親と一緒に家に帰ると、黒ずんで腐りかけているような畳が玄関先に立てかけてあった。男は、天井の低い中二階の部屋の改装を始めたのだ。

畳を捨て、床板を剝がし、壁も天井も木の板に変えるらしい。そして、その作業は、男ひとりで五日で終えたが、そこから先が厄介だった。ニス類をいっさい使わず、無垢《むく》の板を焼酎を含ませた布で丹念に磨き始めたのだ。

母親に言わせると、朝から晩まで磨いているということだった。

私も私の友人も、友人の妹も、二メートルほど下から立ちのぼってくる焼酎の匂いで胸は悪くなるわ、頭は痛くなるわで、まったく眠れなかった。

焼酎で無垢の板を磨くと、年月を経るごとに味わい豊かな光沢が出て、虫食いも黴《かび》も防ぐことができるのだと男は言ったそうだ。そしてその作業は三ヵ月かかった。

私は大学で友人と顔を合わせるたびに、

「まだやってるのか?」

と訊いた。友人は、あの男がタオルに焼酎を含ませて板を磨きつづけている姿には鬼気迫るものがあって、見ているとなんだかぞっとしてくると言った。

その友人がやっと運転免許証を取得したので、私のアルバイトは三ヵ月で終わった。男のことは、それきり忘れてしまった。

それから二十年余りがたったころ、友人の母親が亡くなったという電話をもらった。

あの風変わりな家も、周りの長屋も、一括して不動産業者に売る話がまとまり、友人と妹はマンションに引っ越したのだが、家を取り壊す段になって、男が古い家に使われている木材を専門に買いつける業者をつれてきて、中二階の、焼酎で磨き抜かれた板を一枚残らず売った。びっくりするほどの高値で売れたらしい。そしてその代金をすべて友人とその妹に渡して出て行ったという。

私は、あの男は、お前たち一家とどんな関係だったのかを初めて訊いてみた。訊きながら、余計なことを口にしてしまったなと思っていた。

友人はそれには答えず、

「変人といえば変人やけど、ええ人やったでェ。何があっても怒れへん。いろんなことで助けてくれはった。あの板を売ってしもたのを俺はちょっと後悔してるねん。マンションの部屋の床にも壁にも天井にもあれを張りたかったなァ」

と言った。

あの中二階からの焼酎の耐えがたい匂いが甦ると、私はアリステア・マクラウドというカナダ人作家の小説の一節をとりとめもなく思い浮かべる。

「誰でもみんな、去ってゆくものなんだ」と父が静かに言う。私は父がサンタクロースのことを話しているのだと思っている。「でも、嘆くことはない。よいことを残してゆくんだからな」

アリステア・マクラウド「すべてのものに季節がある」
『冬の犬』所収（中野恵津子訳　新潮社刊）

土佐堀川からドナウ河へ　その一

私は四歳から九歳までを大阪市北区中之島七丁目の、土佐堀川と堂島川に挟まれたところで育った。北区といっても、中之島の西端で、ふたつの川が合流して安治川と名を変える地点である。安治川はそのまま西へ流れて大阪湾に注ぐ。

家からは、川筋の倉庫群に遮られて見えないものの、海は近くにある。満潮時には、家の真横を流れる土佐堀川が刻々と膨れあがっていくさまがはっきりと見届けられる。

夏の満潮のときは、川なのに潮の匂いに満ちて、それが汗のせいではない粘りで全身にまとわりついてくる。

川では大きなはしけと、それをロープで引く小さなポンポン船が、明け方から夜更けまでひっきりなしに行き来して、船体にペンキで書かれた字を見なくても、ああ、第三栄光丸だとか松島丸だとかがわかるようになり、船長や家族の顔が即座に思い浮かんで、幼い私は慌てて窓辺で手を振るのだ。

はしけは荷を運ぶだけではなく、船長の女房や子供たちや、飼っている犬や猫も乗っている。船尾には洗濯物を干す場所があって、赤ん坊のおしめやら、夫婦の下着などが川風になびいている。

顔馴染《かおなじみ》になってしまったポンポン船の家族は十数組いたと思う。ポンポン船のエンジンの音だけで、誰の船なのかわかってしまうのだ。

「こうちゃんは？」

私が声を張りあげて訊くと、操舵室《そうだしつ》から顔を出して、

「きょうは学校へ行きよったでェ」

と船長が言い、はしけの上の女房も大きなお腹で、

「お母ちゃんの風邪、治ったかァ？」

と訊き返してくる。犬が私を見ながらしっぽを振って吠《ほ》えている。

母がやって来て、

「いつ産まれるのん？」

と訊く。

「もうじきや。船の上で産んでしもたら、出生地不明や」

女房が笑いながら言ったころには、ポンポン船は橋をくぐって安治川へと姿を消している。

いちにちに何回もさまざまな水上生活者たちとつかのまの会話を交わしているうちに、私は幼いながらも、それぞれの家族のおよその事情を理解していく。あの船の末っ子は中学も卒業しないまま町工場で働き始めたとか、二ヵ月前は元気だったあの船のおじいさんはどうやら死んでしまったようだとか……。

そんないささか風変わりなところで幼少時の五年間をすごした私は、大阪の場末の川と、そこで暮らしを立てている人たちの汗臭さや日向《ひなた》臭さや、生活疲れの吐息などが、心の襞《ひだ》のあちこちに深く食い込んでしまっている。

さまざまな川があるが、私にとって川とは、生身の人間が剝《む》き出しになって生きている貧しい生活の坩堝《るつぼ》なのだ。

昭和五十七（一九八二）年の秋、私は朝日新聞に連載する小説の取材のために、ドナウ河に沿って三千数百キロの旅をした。当時の西ドイツ、オーストリア、ハンガリー、ユーゴスラヴィア、ブルガリア、ルーマニアの六ヵ国に入り、ドナウ河の終わるところ、ルーマニアのスリナという黒海の畔の村を見るためだった。

まだソヴィエト連邦崩壊の兆しもなく、ベルリンの壁は厚く高く立ちはだかり、東ヨーロッパは共産圏で、国境の検問は厳しかった。

西ドイツからずっと陸路を使う旅で、ドナウ河に沿ってということにこだわるなら、ユーゴスラヴィアの首都・ベオグラードからテキヤという葡萄畑以外は何もないという村までは船で行くしかない。

ドナウ河を船で下ってテキヤで降りる。テキヤからバスでクラドヴォという村へ行く。そこにしかホテルはないからだ。クラドヴォで一泊し、さらにバスでネゴティンというところへ行く。そこは小さな町だがユーゴスラヴィアの主要各地へと出発するバスターミナルがある。そこからブルガリアのヴィディンという町を目指す。ヴィディンでドナウ河と再会する。ヴィディンで泊まり、翌日の早朝にブルガリアの首都・ソフィア行きの列車に乗る。列車は早朝と夕方しか運行されない。

問題は、日本でブルガリア入国のビザ発給が間に合わなかった場合だが、東欧に詳しい人によれば国境検問所でビザが買えるらしい。

私に旅のコースをアドヴァイスしてくれた人はそう言った。そして、ブルガリアへの入国ビザは間に合わなかった。しかし、スケジュールの変更はできず、私は飛行機に乗り、東西ヨーロッパの長い旅の出発点となるフランクフルトへ向かった。

私は三十五歳で、生まれて初めての外国旅行だった。

ドイツのバイエルン地方の牧歌的な美しさを持つドナウ。ウィーンの殺風景な汚れた運河のようなドナウ。ハンガリーの首都・ブダペストの、かつてのマジャール帝国の栄華をしのばせるドナウ。

これらを自分の目で見つめて、私はユーゴスラヴィアに入り、ベオグラードで二泊してドナウ河を下る船に乗った。

三、四十分たつと左岸に小高い丘、右岸に葡萄畑が見えてきた。ひなびたいなかの風情だが、左岸の丘はルーマニアで、つまりそこは国境ラインなので写真撮影は禁止されていて、岸辺を巡回するルーマニア軍の警備艇からは数人の兵隊が双眼鏡でこちらの船内を監視している。

カメラは鞄《かばん》にしまうようにと船内アナウンスで注意されて、これからもっともっと緊張を強いられる旅がつづくことを覚悟しなければならなかった。一九八二年の東ヨーロッパは、そんな時代だったのだ。

だが、葡萄畑がつづく右岸に目をやると、ちょうど収穫の真っ最中で、村人たちは馬にひかせた荷車に摘んだばかりの葡萄を満載して、おとなも子供も、男も女も、並木道を行き来している。

村の家々の多くはドナウ河の畔に建っている。川辺で野菜を洗う主婦や洗濯をする娘たちが、顔馴染らしい船の乗組員たちと笑顔で話をしている。

船長も機関士も顔を真っ赤にさせて笑っているので、私は、テキヤまで同行してくれる現地の通訳に、何がそんなにおかしいのか訊いてみてくれと頼んだ。

よく太った金色の頬髯《ほおひげ》の機関士は、左岸のルーマニア領を指さして説明してくれた。

こちら側を監視している国境警備兵たちが双眼鏡で見ているのは、じつは船内だけではない。ユーゴスラヴィア側の村々に住む年頃の女の子たちを見ているのだ。

もうひとつ向こうの船着場は、このあたりでは最も大きな村にあるのだが、そこにイレーヌという十九歳の娘がいる。とびぬけた美人で、幼いころからバレエを習ってきたのでスタイルも抜群だ。

その娘に、先週、ルーマニアから手紙が届いた。二年間、対岸で国境警備の任にあたっていたルーマニア兵からのラブレターだ。

二年間、毎朝、きみが家から出てバス停へ歩いて行く姿を双眼鏡で見てきた。それだけがぼくの二年間のすべてだった。ぼくはいま兵役を終え、ブカレストでブルドーザーの運転士として働いている。

自由にルーマニアとユーゴスラヴィアとを行き来できるようになったら、きみの住む村を訪ねて行きたいので、もし逢ってくれる気があれば、この手紙を岸辺で大きく振ってくれ。ぼくの友達が、双眼鏡で見ていてくれることになっている。

手紙を見たイレーヌの母親は、怒髪天を衝《つ》くといった形相で怒った。娘に、対岸のルーマニア兵の気を惹くような媚《こび》を売っていたのであろうと問い詰めたあげく、自分がその手紙を持って岸辺に立ち、

「このルーマニアのアンポンタン！　二度と娘に近づくんじゃないよ」

と大声で叫んで、怒りにまかせて両手を振り廻したのだ。きっと対岸からは、色よい返事と受け取られたであろう。

機関士は、おかしくてたまらないといった表情で言い、こうつけくわえた。

「ルーマニアの秘密警察が、よくもあんな手紙を検閲で通したもんだよ。まあ、ルーマニアとユーゴスラヴィアを、人間が自由に行き来できる日なんて来ないだ

ろうからな。もしそんな奇跡の日が来ても、そのときはイレーヌもばあさんになってるよ」

私は一〇〇メートルほど向こうの対岸を見つめ、イレーヌは見られていたことを知っていたのではないだろうかと思った。

ソ連崩壊と東欧諸国の民主化は、それから三年もかからなかった。

イレーヌの家がある村とはテキヤだった。私はテキヤの船着場に降り、そこから歩いて十分ほどのバス停でクラドヴォ行きのバスの時間をたしかめて、

「イレーヌやーい」

なんて言いながら船着場に戻って桟橋に腰をおろした。

とにかく村中が葡萄の収穫で沸き返っている。葡萄畑から葡萄を積んで村に帰って来る荷馬車は、葡萄の搾りたてのジュースを土の道に撒《ま》いているようなものだ。これ以上積めないというほど荷馬車に積んでいるので、下のほうにある葡萄は圧縮されて搾られているのと同じ状態なのだ。

ドナウ河では小船が浮かんでいる。投げ網漁の人たちが川エビや鯉《こい》やナマズを捕っているのだ。

野菜や日用品などを川沿いの村々に届けるエンジン付きの船は、土佐堀川と堂島川を上り下りしていたポンポン船と変わりはなかった。船には犬や猫が乗っている。

岸辺の家々の窓からは、船の人々に話しかける住人の声が聞こえる。遊んでいて川に落ちかけた三、四歳の男の子が、洗濯をしているおばさんに危うく摑《つか》まれて叱られている。

私がその懐かしい風景のなかにいたのは、せいぜい十二、三分だったが、長い旅をしてやっとここへ帰って来たという思いに本気でひたっていた。

四歳から三十五歳までのあいだ、いやなこともつらいことも悲しいことも嬉《うれ》しいこともたくさんあり、私を取り巻くものも大きく変わったが、私は何も変わっていない。土佐堀川から船出して、ドナウ河のテキヤという村の船着場で一服している……。

私はあのときほど安寧な心で、父の言葉を味わったことはない。

——なにがどうなろうと、たいしたことはありゃあせん。

土佐堀川からドナウ河へ　その二

さて、ドナウ河に沿った三千数百キロにわたる東西ヨーロッパの旅のつづきを書きたいが、そんなことをしていたら原稿用紙で約千枚が必要なので、私にとって最も忘れ難い出来事をひとつだけここに記しておくことにする。

旅は、ソヴィエト連邦が不沈空母のように存在し、ヨーロッパは東西に分裂して、東側諸国と西側諸国はつねに反目し合って、人々が自由に行き来する日が訪れるなどとは思いも寄らなかった時代のものだということを念頭に置いていただきたい。

村一番の美女、イレーヌの姿を見ることなく、私たちはユーゴスラヴィアのテキヤという船着場の村からバスでいったんクラドヴォという小さな町に向かった。

そこにしかホテルはないからだ。

クラドヴォの夜に起こったことも忘れ難いが、それを書くには紙数が二十枚ほど足りない。

通訳兼ガイドはテキヤから船でベオグラードへ帰ってしまっていたので、私たちは英語を話せる人はおそらくいないであろう地に放り出されたに等しかった。

翌朝、ネゴティンへ行くために私たちはクラドヴォからバスに乗った。

前章でも書いたが、おそらくヨーロッパ中が葡萄の収穫期なので、葡萄畑を持つ一家のすべてが葡萄摘みに従事している時期だった。まったく猫の手も借りたいという忙しさが、バスに乗っている私たちにも伝わってきた。

とにかく視界に入ってくるものは、すべて葡萄、葡萄、葡萄……。

あっちを向いても、こっちを見ても、葡萄畑と摘んだ葡萄とそれを満載した荷馬車と、馬と、馬を御する村人だけなのだ。

それはテキヤを出発してネゴティンに着くまで延々とつづいた。土の道は、荷馬車から流れ落ちる葡萄の汁でぬかるんでいる。コップで受けて飲みたいほどにかぐわしい葡萄ジュースの香りが風景のすべてを包み込んでいる。

そんな風景のなかにときおり収穫の喜びとは孤絶した一角があった。石切り場のようで、そこに石が転がっていると私が錯覚したのは、ネゴティンに着いても国境を越えてブルガリアのヴィディンというドナウ河沿いの町に行くバスがあるのかどうか、それよりもまず入国ビザを持たない日本人旅行者に国境警備兵が入国を許可してくれるのかどうか。それが次第に不安になってきたからだ。

入国ビザは米ドルで買えるという情報が本当かどうかは行ってみなければわからない。

国境で追い払われたら仕方がない、ネゴティンのバスターミナルから首都のベオグラードに戻り、列車でブルガリアのソフィアへ行くまでのことだ。日程はいちにち、もしくはふつか遅れるかもしれないが、俺はドナウ河が黒海へ注ぎ込むルーマニアのさいはての町スリナに絶対に行くのだ、それも予定どおりの日に。

そのためには、ブルガリア滞在をいちにち短縮しなければならないし、万一の場合はルーマニアでの予定もどこかで調整するはめになる。

まぁ、そのときはそのときのことだ、と私が案じるのをやめたとき、ただの石にしか見えなかったものが、あきらかに墓地の石碑の姿として視界に入ってきた。

ひとつの墓地には三十個ほどの石碑が並んでいた。その半分ほどに埋葬されている人の顔写真が嵌め込まれて、生年月日と死亡年月日が刻まれている。

テキヤもネゴティンも、もともとはセルビアという独立国家だから、国民のほとんどはセルビア正教徒のはずだった。

私はセルビア正教についてはまるで知識がなかったので、墓碑には個人の顔写真を嵌め込むのがしきたりなのかもしれないと思い、ぼんやりとそれらに目をやっていたが、顔写真のある墓碑に埋葬されている人の多くが若いことに気づいた。三歳の男の子、六歳の女の子、十二歳の男の子、十六歳、十八歳、二十一歳、二十六歳……。みんな若くして亡くなった人たちなのだ。

それらは死亡した日に最も近いときに撮られた写真だと推測するのが自然であろうと私は思った。

写真の顔々はどれも笑顔だ。はにかむように微笑んでいるもの、笑え、笑えと促されて無理やり笑みを作っているもの。みなまちまちではあっても、さまざまな笑顔が墓碑に捺されているのだ。

私はそのとき三十五歳だった。テキヤからネゴティン行きのおんぼろバスに揺られていなか道をゆっくりと進みながら、墓地があらわれるたびにひたすら石碑に嵌め込まれた若い顔々を見つめた。

「こんにちは。初めまして」

と幼い子から青年までのすべての顔に、心のなかで挨拶をしていった。

やがてネゴティンが近づいてくると、バスがあるかないかとか、国境を無事に通過できるかどうかという不安はきれいさっぱりと消えて、最悪の事態になろうとも、必ず助けてくれる人間があらわれるという確信が湧いてきたのだ。若くして亡くなった人たちの笑っている顔々のお陰だったかもしれない。

ネゴティンは思いのほか大きな町だった。

銀行があり、役所があり、ユーゴスラヴィア中に行くバスのターミナルがある。

私たちはターミナルをあっちへ行ったり、こっちへ行ったりしながら、バスを待っている人々にブルガリアのヴィディンへ行くにはどうしたらいいかと身振り手振りで訊いた。

「ブルガリア、ヴィディン。ブルガリア、ヴィディン」

素朴な顔立ちと身なりの人々は、私たちが何をしたがっているかを理解してくれたが、すぐに気の毒そうに肩をすくめ、顔を曇らせ、首を横に振って、セルビア語でまくしたてる。

まくしたててはいるが、声は大きくなくて、語調は柔らかい。人々は、はにかんでいるのだ。

バスターミナルの案内所に行っていたAさんが帰って来て、ヴィディン行きのバスはないそうだと言った。一時間後にベオグラード行きの最終のバスが出る。それに乗ってベオグラードに戻る以外にない、と。

十月下旬だったがユーゴスラヴィアのセルビアには冬が近づいていた。しかし、暖かい日差しがターミナルに満ちていて、私は自分のスーツケースを椅子がわりにして坐り、ひなたぼっこをしながら、国境を越えてブルガリアのヴィディンまでつれて行ってやろうという人間があらわれるのを待った。

そのうち、たくさんの人々が集まってきた。こんなに多くの人がベオグラードへ行くのかと私は思った。それはそうだよなぁ、ベオグラードは日本でいえば東京のようなものだし、交通機関はバスしかないんだもんなぁ、と。

だが、人々はバスに乗るためにターミナルまでやって来たのではなかったのだ。困っている日本人たちがいると聞いて、なんとか助けてやろうという思いが半分。この町に初めてやって来た日本人というのをひと目見ようという野次馬気分が半分。

セルビア人はおせっかい焼きで、なんにでも野次馬と化して、なんだ、なんだと集まってくるというのは本当だったのだ。

野次馬の第一陣のうちのひとりがセルビア語で話しかけてくる。言葉はわからないが、阿吽《あうん》の呼吸でわかる。

「どないしはりましてん？」

「ブルガリアのヴィディンに行きたいんですけど、バスがないそうで」

「案内所で訊いてきてあげまっさ」

「いや、いや、もう訊いたんです。ないバスを出せっちゅうわけにはいきまへんやろ」

「わしがなんとかせぇと言うてあげまんがな」

「いや、いや、そのお気持だけを頂戴しときます。おおきに、ありがとさんです」

男と最初の一群は、にぎやかに相談しあい、まぁ、しょうがおまへんなぁ、と帰って行ったが、すぐに第二陣がどこからともなく押し寄せて来た。

赤ん坊を抱き、二歳くらいの幼児の手をひいている女もいる。歩けない老婦人を背負って来た人もいる。

生まれてこのかたいちども見たことのない日本人というものを、年老いて寝たきりになっている母親にも見せてやりたくて、決然と背負って二キロの道を歩いて来たのだ。

そしてまたさっきと同じようなやりとりのあと、気の毒そうにみんな去って行く。

そんなことが一時間近くつづいた。

ベオグラード行きの最終のバスが出発することを伝えるアナウンスが聞こえ、Aさんたちはその場から動こうとしない私の心をはかりかねて、急がないとバスが出てしまうよと促した。

「いや、車でヴィディンまで運んでやろうっていう人がきっとあらわれる。俺はそれまでここで待つ。今夜中に絶対にヴィディンに行ってみせる」

私の言葉に、みんなはあきれたように顔を見合わせた。

「てるさん、冗談言うんじゃないよ。バスが出ちゃったら、俺たちもういちどテキヤに戻って船でベオグラードに戻るしかないんだぜ。その船だって、あるかどうかわからないんだから」

「いや、必ず助けてくれる人がやって来る。俺には確信がある」

「その確信は何を根拠としてるの？」

「根拠なんてないけど……」

旅は私が小説を書くための取材旅行だったので、Aさんも他のふたりも、しょうがない、宮本がそう言うんだから、好きにさせようとあきらめたらしかった。

ベオグラード行きのバスは出てしまった。

もう午後三時を過ぎている。野次馬の第三陣、第四陣がやって来た。数は倍以上に増えている。

そのなかに水の入ったビニール袋を重そうに持っている日焼けした皺深い老人がいた。ビニール袋のなかで大きな魚が暴れている。

老人は私たちの前に歩いて来て、これを買わないかと言った、ような気がした。

「なんですか、これは」

見ると四〇センチほどもある太った鯉だった。生きている。

「これは最高の鯉でっせ。安うしときまんがな」

「ぼくたちはこれから国境を越えてブルガリアの……」

「それはわかってます。あんさんらのことは、もう近郊の村々の誰もが知っとります。今晩、ブルガリアのヴィディンでこの鯉を食べなはれ。精つきまっせ」

私はあきれかえって老人と鯉を見たが、ふいにおかしくなってきて大きな声で笑った。

ブルガリア行きのバスがなくて困っている旅行者が、生きた鯉を買ってビニール袋をぶらさげて行くと本気で思っているということがおかしくてたまらなかったのだ。

私はきっぱりと言った。

「要りまへん」

老人が残念そうに帰って行くと同時に、誰かがうしろから私の肩を軽く叩《たた》いた。振り向くと古びたジャケットを着た三十代後半に見える明るい栗色の髪の男が立っていた。垂れ目で気弱そうな目で、車のハンドルを動かす真似をして、

「ヴィディン」

と小声でささやいた。

見ろ、あらわれたではないか。私はそう思い、手帳とボールペンを男に渡した。

男はしばらく考えてから、200$と書いた。

あまりに高すぎる。200米ドルといえば、この村々に住む人々の半年分くらいの収入ではないか。私はその200という字を消して、150と書き換えた。

男は手で髪をかきむしりながら、また考え込み、150という字を消して、200とさっきよりも大きく書いた。ビタ一文まけられない、という意思を示したのだ。

「ＯＫ。でも、金はヴィディンのホテルに着いてから渡すからね」

男は了承し、すぐにどこかに消えた。車を取りに行ったに違いなかった。

Ａさんは猛反対した。もし、あの男が道の途中に仲間を待たせていたらどうするのか。金品を強奪されるだけでは済まないかもしれない。やめよう。そんな危険なことはできない、と。

Ａさんの意見はもっともだったが、私の確信どおりにあらわれた男なのだ。悪巧みを抱いているなら、１５０ドルと値切った私の字を消して２００ドルを主張するはずはあるまい。どうせ有り金すべてを奪うのだから、１５０ドルで手をうったはずだ。

私の言葉に、Ａさんは、世の中を甘く見てはいけないと、さらに反対した。

周りに群がっている人々に、私は、さっきの男はどういう人かと訊いた。中年の女が、彼は消防署員だと言い、べつの男が、両親と弟と一緒に暮らしていると言った。全部身振り手振りなのだが、そう説明してくれたように思う。

「身元はしっかりしてるな」

私の言葉で、Ａさんは不安そうではあったがその男の車に乗ることに決めた。

三十分ほど待っていると、男が薄茶色の年代物のアメ車でやって来た。

「この車、ちゃんと動くのん？」

「大丈夫。心配ない。さぁ、行こう。ヴィディンまでは遠い。明るいうちには着けないよ」

男にせかされて、私たちは車に乗り、野次馬たちに手を振った。家に帰って行ったはずの老人が、生きた鯉の入ったビニール袋を頭上に掲げて、買わないかと声を張りあげた。

国境までは遠かった。人家も畑も何もない灌木《かんぼく》だらけの原野のなかを四十分近く走ったと思う。その間、一台の車もすれ違わなかった。

国境検問所ではひと悶着《もんちゃく》どころかふた悶着ほど起こったのだが、検問所の所長が最も厳しく尋問と検査をしたのは、私たちではなくユーゴスラヴィア人の男だった。

ピンク色の河豚《ふぐ》に似た所長と押し問答をしていた男は、突然、車でもと来た道を戻っていった。

私たちが呆然《ぼうぜん》と車の消えていった道を見ていると、少し英語ができる所長が、彼を通すために必要な書類を取りに行かせたのだと説明し、家で飼っている豚がどうの、末娘のつき合っている男がどうのと話しだした。

一時間後に男は戻って来て、自分の預金残高証明書を所長に提出し、私たちはブルガリア領内にやっと入ることが出来たのだ。

「なんで、きみの預金残高証明書が要るのん？」

「さぁ、わかりまへん」

車はかなりのスピードででこぼこの夜道を走りつづけた。ヴィディンのホテルの前に着いたのは九時を廻っていた。

私は、約束の200ドルを男に渡した。男は100ドル札二枚を指で撫でたり、明かりに透かしたりして入念に調べ、偽札ではないと確認してから、やっと安堵《あんど》の笑みを浮かべた。

不安を抱いていたのは男のほうだったのだ。どこかで車を調達し、危ない橋を渡って、偽札を摑まされたのではワリが合わない。帰路には再びあの国境検問所で所長の検査を受けなければならない。

どうせこいつはあの日本人から金を貰ってるんだ。ブルガリアから申告なしに米ドルを持ち出すのは法律違反だ。隠しているはずの米ドルを見つけて没収してやる、と手ぐすねをひいて待っているに違いない。

「検問所ではうまくやれよ」

私の日本語を理解できるはずはなかったが、男は、まかせとけといった表情で頷《うなず》き、Uターンして戻って行った。

私は、いまでもあのネゴティンでの何の根拠もない確信が、どこから生じたのかと考えることがある。無謀といえばじつに無謀ではあったし、危険を伴う賭けでもあった。

しかし、私には絶対的な確信があったのだ。確信という心の力が、あの垂れ目の男を呼び出したのだと思っている。目に見えないものを確信することによって現実に生じる現象というものを、私は信じられるようになっていたのだ。

象牙石

私が幼稚園に入ったころから小学三年生になるまで、頻繁に我が家に出入りしていたコウさんという人は、台湾から日本にやって来たということだったが、カンボジア人かベトナム人、あるいはマレーシアかシンガポールの人といった容貌で、夏はいつも黄土色のレース編みのシャツを着ていた。

姓が高なのか黄なのか、私は知らない。

そのころ、父は大阪市北区中之島七丁目の三階建てのビルで中華料理店を営んでいた。

私の小説『泥の河』の舞台となった地で、土佐堀川と堂島川が合流して安治川と名を変えていくところである。

同じ台湾から日本にやって来て、神戸の南京《ナンキン》町にある中華料理店でコックをしていた謝《シエ》さんという人を父に紹介したのもコウさんである。

謝さんは、背の高い、理科室に置いてある骸骨の標本のような体つきの寡黙な人で、仕事が暇なときはいつも中国語で書かれた小説を読んでいた。

挿し絵から、それが台湾で人気のある豪傑たちを主人公としたものであることはわかるのだが、中身は私にはさっぱりわからない。

謝さんの隣に坐って本を覗き込み、ここからここまでを読んでくれと頼むと、講談調の節回しで、両手を太極拳のように動かしながら声に出して中国語で読んでくれた。

京劇のセリフに似ていたと思うが、小学校にあがるかあがらないかの私はよく覚えていない。

謝さんは、いまから思えば、大阪の西端といってもいい安治川口の、ほとんど出前専門の小さな中華料理店でコックとして働かなければならないような料理人ではなかった。そこいらの中華料理店のコックとは格の違う腕だったのだ。日本語はあまり上手ではなかった。

コウさんの紹介で神戸の南京町の一流料理店から、父が営む平和楼へ移ったのにはなにかよほどの事情があったのであろう。

ときおり謝さんは、機嫌のいいときに私に焼きビーフンを作ってくれた。前夜に余った蒸し鶏《どり》を食べさせてくれることもあった。

私はおとなになって今日まで、謝さんが作ったもの以上においしい蒸し鶏と焼きビーフンを食べたことがない。

平和楼のあるビルには一階と三階をつなぐ階段が二箇所にあった。西側の階段は商売専用なので、私は学校から帰って来ると、東側の階段を使って三階の住まいへとのぼる。その東側の階段は、厨房《ちゅうぼう》の奥にあるので、謝さんは本を読むとき、いつもそこに坐る。

小学三年生のとき、謝さんが読んでいる本の挿し絵を見ると、豪傑同士が殴り合う場面が描かれていた。それで私は意味不明の奇声をあげて謝さんの肩を手刀で軽く叩いた。プロレスの人気者だった力道山の空手チョップを真似てみたのだ。

すると謝さんは、目を尖らせ、体を震わせながら怒った。

「なぜ私を殴るか！　なぜ殴るか！」

その怒り方は尋常ではなくて、私はびっくりしてしまい、謝る言葉も口にできなくなり、そのまま階段を駆け降りて行った。そしてそれきり東側の階段を使わなくなったのだ。

いくら言ったらわかるのか。こっちの階段は子供は使ってはいけないのだ。その店の子供がうろうろしていると店そのものが所帯臭くなるのだ。

母にそう叱られても、私は厨房のなかを通らなければならない東側の階段は、謝さんがいるときは決して使わなかった。自分は冗談の悪ふざけだったが、謝さんをあんなに怒らせてしまったということに驚き、そしてきまり悪くて悲しかった。

謝りたくても謝り方がわからない。

もう少し大きければ、どう謝ればいいのかと自分で考えるのであろうが、当時の私はいささか幼すぎたのだ。

そんなことがあってしばらくたったころ、コウさんが訪ねて来た。父と旧知だという劉《リウ》さんも一緒だった。

父は戦前、自動車の部品を中国や東南アジアに輸出する会社を経営していて、その拠点を上海《シャンハイ》に持っていたので、五年ほど上海で暮らしたことがあり、中国には友人が多かった。戦争が、順調だった事業のすべてを父から奪ったということになる。

劉さんは紹興というところから香港へ行き、そこから船で台湾を経由して日本へ来たのだ。

日本と中国は国交を断絶していたが、商売人たちはそれぞれ裏のルートを使って行き来していたらしい。とりわけ華僑《かきよう》と呼ばれる人たちの裏ルートは、当時も世界中にまたがっていたということを私は後年知った。

劉さんは、最高級の紹興酒を百二十ダース船に積んで来ていた。それを日本で売りさばくための仲介をコウさんに頼んだらしい。だが、劉さんは、紹興酒以外にも、秘密の品を隠して運んで来ていた。かつてのビルマの東北部で産出する極上の翡翠《ひすい》である。

まだ開店前の中華料理店の隅で、大相撲中継をラジオで聞きながら、私は劉という中国人が背広の内ポケットから鹿皮の袋を出すのを見ていた。

そのときのことをよく覚えているのは、父が劉さんを制して、俺は宝石のことはまったくわからないし、売りさばき先についても心当たりはないので、見せる必要はないと強い口調で言ったからだ。

厄介なことに関わり合いたくないという気持が、父の言葉や態度にあらわれたのであろう。

コウさんに声をかけられて厨房から謝さんが出て来た。三人は中国語で話を始めた。劉さんは新聞紙に包んだ紹興酒を出した。謝さんが味見をした。父はたぶんそのとき十本ほど現金で買ったと思う。劉さんは、とにかく少しでも日本円を手にしたかったらしい。

いったん椅子から立ち上がり帰りかけたのだが、劉さんは鹿皮の袋から十数個の翡翠を出した。まあ、見るだけ見てくれといった表情だった。

私はそのとき生まれて初めて翡翠という宝石を見たことになる。それも滅多に市場には出回らない最上級の翡翠を。

母もテーブルにばらまくように並べられている翡翠に見入っていた。石だけのものが七、八個。台座に嵌め込まれて指輪になっているものが五、六個だったと記憶している。

奥さん、いかがか。劉さんは現金が欲しいので安くしてくれる。これだけの翡翠は一生に一度巡り合えるかどうかわからないのだ。

コウさんにそう勧められたが、母は笑みを浮かべるだけで首を横に振りつづけた。

そのとき、当時まだ五十になったばかりの叔母がやって来た。父の妹である。

どうしてそんなときに、遠くに住んでいて滅多に訪ねてこない叔母が来たのか。

それを思うと、私はいまでもおかしくなる。

叔母は、幼いときから、あの子の父と母のどちらかは欧米人に違いないと陰で噂されたほどに彫りの深い顔立ちで、町を歩いていても人が振り返って見るほどの美人だった。

だからというわけでもないのだろうが、食費を削ってでも着る物や装身具にはお金をかける性分だったのだ。

テーブルの上に無造作にばらまかれた翡翠を見て、叔母は感嘆の声をあげ、そのなかの指輪を自分の指に嵌めた。

劉さんには、ネギをしょって来た鴨《かも》に見えたことであろう。父にしてみれば、劉さんの前で、やめておけ、買うなとは言えなかったのだと思う。

値段交渉が始まり、叔母は一・五センチくらいの指輪を一個買った。幾らで買ったのか、私は知らない。足りない分は父が立て替えたそうだ。叔母は生命保険や化粧品の外交員をして稼いだ金のほとんどすべてをはたいてしまった。

それから二ヵ月ほどたって、叔母がなんだか呆《ほう》けたような表情で訪ねて来て、父と母に指輪を嵌めた指を突き出した。

あの深い緑色の宝石は、半透明の白に灰色の縞《しま》が混じる石に変わっていたのだ。

きのうの夜までは翡翠だったのだ。それが、朝起きたら深緑色は忽然《こつぜん》と消滅し、こんな妙な色の石ころになっていた。いったいどういうことなのか。

少しずつ緑色が落ちていったのではない。ひと晩で違う色の石になった。狐《きつね》につままれたようだ。兄さん、これをどうしてくれるのか。よくもこんな偽物をつかませてくれたものだ。

父は、ほおと感嘆の声を漏らしながら、指輪を窓からの光に透かして眺め入り、おれがひとことでもこれを買えと勧めたかと言った。

やめておけという目で何度もお前を見たが、お前はもうこのいんちきな石に夢中になって、劉の言い値を百円でも値引きさせようと必死だったのだ。

それにしても、凄《すご》いな。あの翡翠が、ひと晩で汚れた石灰のような石ころに変わるとは……。錬金術というのがあるが、これはそれとは次元の異なる技だ。見事な偽物だ。これを翡翠に変えたやつは天才だ。中国人、恐るべし。中国、恐るべしだ。

その父の言葉に、穏やかな性格の叔母が崩折《くずお》れるように椅子に坐り、見事？なにが見事だというのか、みんなで私を騙《だま》して、なにが見事なのだと力なく言った。

厨房と店とを仕切る壁に小さな窓があって、そこから謝さんが私を呼んだ。空手チョップを見舞って怒られて以来、謝さんが私に声をかけてきたのは初めてだった。

厨房に行くと、謝さんは紙と鉛筆を持って来てくれと私に言った。そして、私が持って来た紙に「象牙石」と書いて、これを叔母さんに見せろと促した。

「ゾウゲイシ？　猫目石やったら知ってるけど、ゾウゲイシなんて聞いたことないわ」

と叔母は謝さんの書いた漢字を見るなり言った。

象牙石は翡翠よりも少ない石で、翡翠なんかビルマの川を掘れば幾らでも出て来るのだと謝さんは厨房の小窓から顔を突き出して言った。

あの劉という男は、象牙石の価値を知らず、わざわざ希少な石に緑色の余計な細工をして損をしたのだ、と。

釈然としない顔で叔母さんは帰って行ったが、その後いつ逢っても、半透明の灰色がかった象牙石の指輪を嵌めていた。

人に、それはなんの石かと訊かれると、謝さんから聞いた言葉をそのまま得意気に繰り返した。

叔母さんは八十二歳で亡くなったときも象牙石の指輪を嵌めていた。

父は、見事な偽物を感に堪えぬようにただ眺め入った日から約一年後に中華料理店を閉め、謝さんは神戸の南京町に職場を変えた。私はそれ以後、いちども謝さんに逢っていない。もしまだ健在なら百歳を優に超えていることだろう。

百科事典で調べても、インターネットで検索しても象牙石なるものは存在しない。あのとき、世に存在しない宝石を咄嗟《とっさ》に作り出した謝さんも恐るべしである。

トンネル長屋

私は小学四年生、十歳のとき、尼崎《あまがさき》市東難波《ひがしなにわ》にあるトンネル長屋と呼ばれる奇妙なアパートで一年間暮らした。

国道二号線の東難波というバス停の北側で、もともとは向かい合って建っていた木造の長屋の上に持ち主がさらに長屋を乗せるようにして建て増ししたので、凹の字をさかさまにしたような二階屋が出来あがったのだ。

つまり、一軒の建物のなかに三十メートルほどの道があって、それは国道と裏道とをつなぐ格好になっている。

絵に描いたような違法建築で、二階にあがる階段は最初はひとつしかなかった。一階の真ん中にある共同便所の横の階段で、日が当たらないので昼間でも暗かった。

だから二階の住人は、いったんトンネルのなかを歩いて共同便所の横に行かなければならない。

しょっちゅう消防署の人が来て、火事のときどうするのかと家主を叱責しつづけたので、そのたびにトンネル長屋には外階段が設けられた。

北東側、南西側、真ん中の西側と東側。

そうやって、その場しのぎで取り壊し命令を逃れつづけているうちにトンネル長屋全体が迷路のようになってしまったのだ。

Aさんの部屋の押し入れには穴があいていて、Bさんの押し入れへ入ることができる。Cさんの押し入れにもDさんの押し入れにも安普請の板壁を外せば簡単に行き来できる。

そこへ幾つかの階段である。もつれた紐《ひも》状の迷路なのだ。

私がそんなトンネル長屋の裏通りに面した叔母の住まいで暮らしたのは昭和三十二年から三十三年にかけてで、日本はいまとはまた異なった貧しさのなかにあった。

トンネル長屋は当時の日本を象徴するかのような貧困の巣窟と言ってもよかった。

何世帯が暮らしていたのか正確には思い出せないが、一階に十二、三世帯。二階にも同じくらいの数の住人がいたと思う。

富山での商売に見切りをつけて大阪に帰って来た父は、もうそのころ六十歳になっていた。新たな商売を始める資金もなく、母は大阪の道頓堀の小料理屋で働き、電気も水道も止められた土佐堀川の河畔の、幽霊屋敷のような三階建てのビルに住んでいた。

母が仕事を終えて帰って来るのは夜中の一時ごろで、蠟燭《ろうそく》の明かりしかない建物に十歳の子供を置いておけない。

それで仕方なく、父と母は私をトンネル長屋の叔母に託したのだ。

学校から帰ると、ノリちゃんの部屋に遊びに行く。そこの押し入れの板壁を外し、ネジ工場で働くCさんの部屋から廊下へ出て、闇の金貸しの柳《リヨオ》さんの部屋で電話番をする。それからまた狭い廊下に出て、一日中ミシンを踏んでいる朴《パク》さんの部屋に遊びに行き、

「子供は外で遊びや」

と叱られて、共同便所の横の階段を降りてマキちゃんの部屋に行き、戦争で夫を亡くして駅前のキャバレーで働いている野口さんの部屋に忍び込み、いつもひ

とりで留守番をしているアケミちゃんと遊ぶ。アケミちゃんは目が見えない。私が遊びに来るのを楽しみにしているのだ。

そうやって十歳の私はいったいどれほどの人生をトンネル長屋で見たろう。

ちょうどそのころ、韓国系の住人と北朝鮮系の住人とのあいだで争いが始まった。北朝鮮への帰還問題が起こっていたのだが、十歳の私には兄と弟が、父と娘と息子が、夫婦が、なぜ罵り合って、果ては殴り合いまで始めるのかがわからなかった。

北へ帰りたいという息子と、日本にいるほうがまだましだという父とは、その話になると日本語ではなく祖国の言葉になった。

私は、この部屋にはいないほうがいいような気がして押し入れに入り、板壁を外して隣の部屋に行く。

なぜ押し入れを縫ってトンネル長屋の端へと行くのか。

二階の廊下につねに漂っている悪臭が私には耐えられなかったのだ。果物が腐ったような匂いとドブ川のメタンガスに似た匂いとが混じった悪臭は、幼い私に、この世の不幸と哀《かな》しみを感じさせたのだと思う。

その匂いを嗅《か》ぐと、私は父と母に逢いたくてたまらなくなり、叱られてもいいから、二時間夜道を歩いてもいいから、土佐堀川の畔のビルへと行きたくなってしまう。

しかし、そんなことはできない。父と母を困らせるだけだし、電灯もない幽霊屋敷でひとりになっているのは恐ろしいのだ。

叔母は、トンネル長屋の裏通りに面した住まいでお好み焼き屋と駄菓子屋を営んでいた。夜になると仕事を終えた汗臭い男たちがやって来て、台所の奥にある私の三畳の部屋まで占拠して冷酒を飲み、薄っぺらいお好み焼きを食べるので、夕方から夜の十時くらいまでは私には居場所がないのだ。

北朝鮮へ帰るという人たちと、それに反対する人たちの争いが烈しくなったころ、二階の北東側の部屋でひとり暮らしをしていた老人が亡くなった。

発見者は私である。死後二日ほどたっていたという。

近くの派出所の若い警官がやって来て、中から鍵がかかっていたというのに、きみはどうやってじいさんの死体を見つけたのかと訊いた。

警官は、私が隣の部屋の押し入れから老人の部屋に入ったと知ると、

「きみがやってることは泥棒やないか」

と怒鳴った。

「ここに住んでる子供らは、みんなそうやって遊んでますねん」

という叔母の助け舟がなかったら、私は署に連れて行かれていたかもしれない。

「そんなことをして誰からも文句は出んのか？　なんちゅうアパートや。あっちゃこっちゃに階段をつけても、火事が起こったら二階の連中は全員丸焼けやで」

警官はそれからもなにやかやと私と叔母を罵倒して帰って行った。

「私も、あんたも、なんで怒られなあかんのやろ」

と叔母はのんびりとした口調で言い、ヨシ坊の部屋には勝手に入らないようにと小声でささやいた。

死んだ老人の部屋の隣は、まだ若い母親と、私と歳の変わらない兄妹が住んでいた。兄のヨシ坊と私とは仲が良かったのだ。

それから二ヵ月ほどたったころ、一階の国道に近い部屋に住む中年の女が、ならず者風の男に包丁で刺された。

男が包丁を持って国道のほうからやって来て、女の部屋の戸を蹴って入るなり腰のあたりを刺すのを、ちょうど通りかかった私は見ていたのだ。

あの若い警官が、私を見るなり、

「またお前か」

と言った。

「血がビャーッと飛んだ」

私は震えながら、なにを訊かれても、そう言いつづけた。

「落ち着け。順序立てて思い出せ」

とその警官に言われても、私の震えは止まらなかった。警官は女の部屋の押し入れを調べ、

「板の壁をセメダインで貼ってあるだけやないか」

とあきれ顔で言った。警察からの連絡でやって来た父に伴われて、私は警察署に行ったが、

「血がビャーッと飛んだ」

という言葉しか喋れなかった。

同じ質問ばかり繰り返す警官に、

「わしの息子が刺したとでもいうのか！」

と父は怒って、私の手を引っぱって警察署から出たが、警官は追ってこなかった。

刺された女は重傷だったが意識はあったし、男も自分が刺したと証言しているし、あえて十歳の少年の供述を必要としなかったのであろう。

しかし、それだけではなく、現場に来たときから、警官たちもトンネル長屋で起こったことにはあまり関わりたくないという表情だったのだ。

「北の傀儡《かいらい》」、「売国奴たち」などと書かれた紙があちこちに貼られているアパートは殺気立っていて、警察はその政治的な騒動に巻き込まれたくなかったのであろう。

トンネル長屋には、じつにさまざまな人々が住んでいた。

屋台を引いて中華そばを売っている子だくさんの男。香具師の下働きをしている青年。町工場でアルミのヤカンだけを作りつづけて四十年がたつという老人。飲み屋とは名ばかりの、二階で客を取る店で働いている女。阪神電車の尼崎駅近くの路地で占い師をしている自称「詩人」の女。郵便局員の兄弟。鉱物採掘業と称して闇のヒロポンを売る中年男。

指を折ってかぞえながら、それらの人々を思い浮かべると、私にはそれぞれの部屋のなかに漂っていた匂いまでが甦ってくる。

たぶん、私はトンネル長屋に預けられたわずか一年のあいだで、他人には窺《うかが》い知れない「それぞれの事情がある」ことを学んだのではないかと思う。

元高校教師という中年の男と、若い女が暮らす部屋が一階の共同便所の斜め向かいにあった。親子だということだったが、誰も信じてはいなかった。

学校から帰って来て、国道のほうからトンネルに入ると、日頃話をしたこともないその男が私を呼んだ。男は四畳半の暗い座敷にいて、部屋の戸はあいていた。

これから戸の鍵をかけて、それを入り口の郵便受けに入れてくれと男は私に頼んで、十円玉を五つくれた。

「なんで自分で鍵をかけへんのん？」

「しんどうてなぁ、体が動けへんのや」

「ぼくが外から鍵をかけたら、おっちゃん、出られへんでぇ」

「かめへんのや。ええから外から鍵をかけてくれ」

なにしろ五十円も貰ったのだ。私はたいして深く考えないまま外付けの南京錠の鍵をかけて叔母の住まいに帰った。

裏通りの向こうは工務店の資材置き場だが、資材など置いていない空き地で、界隈の子供たちの遊び場でもあった。

そこの隅っこに二階のヨシ坊兄妹がいたので、いまお母さんがいて、部屋にいてはいけないのだなと思い、私はふたりのところに走って行って、夕方まで一緒に遊んだ。

そうしているうちに、郵便受けに入れておくはずの鍵のことを忘れてしまったのだ。

数日後、トンネル長屋の住人が、元高校教師の部屋からいやな匂いがすると騒ぎ始めた。呼んでも応答はなく、南京錠がかかっていて入れない。私は鍵のことなど忘れてしまっている。

この匂いは間違いなく死体が腐乱しているのだと言いだす人がいて、それを叔母の口から聞いた私はランドセルの底にある鍵を思い出した。

私は南京錠の鍵を持ってトンネルを走り、戸を外そうとしている住人に鍵を渡した。元高校教師は睡眠薬を大量に服んで自殺していた。

またあの警官がやって来て私を派出所に連れて行った。

「お前の行くところ行くところ、事件ありや。こんどというこんどは、俺も簡単には引き下がれへんぞ」

と警官は言った。

あとで思い浮かべるたびに笑ってしまいそうになる。なにをどう引き下がらないのか、どうにもわからないし、叔母の家に帰らせてくれと泣いていた私の、そのときのよるべなさまでもがおかしい。十歳の私はなんにも悪いことはしていないのだ。

　また父がやって来て、若い警官と口論になった。

「お前はこの長屋をうろうろするな」

　叔母の住まいに帰って来るなり、父は怒鳴った。

「お前には、行くところ行くところで厄介事に遭遇するっちゅう星回りみたいなもんがあるのかもしれん。おとなになっても、うろうろするなよ。まっすぐ家に帰るんじゃぞ」

　父はそう言って、その日のうちに私を土佐堀川の畔の電気も水道も止められたビルに連れ帰った。私は蠟燭の火が不気味に揺らぐだだっぴろい部屋で、両親と暮らせるようになったのだ。

　母は勤めに出る夕方に必ず私に言った。

「蠟燭の火で遊んだらあかんで。この部屋と便所以外は行ったらあかんで。ぼくがうろうろしたらろくなことはないと肝に銘じとくんやで」

　あのトンネル長屋の時代から六十年近くがたったが、父と母の忠告を守らずに、うろうろした時代があって、確かにろくなことはなかったなあと慚愧《ざんき》の思いにひたる。

世界には七十億の人間がいるそうだが、七十億の、他人にはわからない「それぞれの事情」がある。

トンネル長屋を思い出すたびに、私はなぜか粛然とした心持ちになっていくのだ。

そんなつもりでは……

私は昭和二十二（一九四七）年の生まれである。日本のほとんどが米軍の空襲で焼け野原となり、太平洋戦争に無条件降伏して二年後に生まれたことになる。

この私の生年よりも前に生まれた方々は、いまでも鮮明に覚えているであろうが、町々、村々には年に一度か二度、越中富山の薬売りたちがやって来たものである。

戦後はさすがに柳行李《やなぎごうり》に手甲脚絆《てっこうきゃはん》で草鞋《わらじ》履きではなかったが、子供たちには紙風船、女たちには小さな袋に入れた裁縫セットなどを配ってくれて、使った分だけの薬の代金を徴収し、新たに薬を足して帰って行く。

これは「先用後利」という富山の薬売り独特の商法で、富山藩が全国に行商網を拡《ひろ》げるにあたって正式に取り入れた販売システムである。

富山藩十万石は加賀百万石の支藩で、領地は神通川の東から常願寺川までのまことに狭い地域にあった。いまはさほどの大雪に苦しめられることはないが、江戸時代は名だたる豪雪地帯で、富山七川と呼ばれる暴れ川の氾濫で田畑が壊滅することが多く、そのうえたいした産物も持たず、藩も領民も困窮していた。

延享二（一七四五）年に藩主に就任した前田利幸は弱冠十七歳であったが、藩民の窮乏を救う手立てとして名薬「反魂丹《はんごんたん》」の販売を藩あげての商いとすることを思いつく。

さまざまな説はあるものの「越中富山の薬売り」が全国を商圏として動きだすのは、このころである。個人の細々とした商いが藩あげてのビジネスに変わったという意味においてである。

米どころでありながらも、米作りに適した地のほとんどを加賀藩に握られた富山は、近江商人や伊勢商人とはまた異なる商法で生きる道を開拓していったことになる。

そして文化文政の時代（一八〇四～三〇年）には二千人の行商人を擁する一大産業へと発達する。江戸時代において二千人の営業マンが全国を網羅するということがなにを意味するか。富山藩十万石全体が売薬業によって成り立っていたといって差し支えないのである。

やがて天保《てんぽう》年間（一八三〇〜四四年）に入ると、大きな問題が立ちはだかった。唐薬種《からやくしゅ》の不足だ。

唐薬種とは日本では手に入れられない麝香《じやこう》や鹿茸《ろくじょう》や桂皮《けいひ》や牛黄《ごおう》や高麗人参《こうらいにんじん》などで、それらは中国から輸入していた。中国は明《みん》の時代を経て清《しん》の時代となっていて、交易品は長崎の出島へと船で運ばれる。唐薬種のほとんどは大坂道修町《どしょうまち》の薬種問屋たちが独占して販売している。

富山の薬業者たちは、大坂の薬種問屋からの仕入れだけでは賄い切れなくなった。唐薬種が足りなくなったのだ。全国三百藩の領民が求める薬を作ることが困難になると、富山藩そのものが生きていけなくなる。なんとしても唐薬種を必要な分だけ手に入れなくてはならない。

ちょうどそんなころ、九州の薩摩《さつま》藩は五百万両という借金をかかえて破綻寸前だった。七十七万石の大藩とはいえ五百万両である。破綻寸前ではなくすでに破綻していたというほうがいい。

薩摩藩はその打開策として清国との密貿易に活路を求めた。薩摩藩は琉球《りゅうきゅう》王国を服属させていたので、琉球を出入り口として清国の福州や広州などの貿易商人とつながっていた。

その清国では、とりわけ内陸部に暮らす人々に風土病が蔓延《まんえん》して、それが国家的な問題となっていた。甲状腺が腫れる病気だが、当時の医学では原因も治療法もわからなかった。ただ、昆布を食べると治るということだけは判明しつつあったのである。長大な海岸線を持つとはいっても、潮の流れや海水の温度などで中国の沿岸部では昆布は生育しなかったらしい。

越中富山には廻船問屋《かいせんどんや》が多い。多くの北前船を持ち、日本海航路で蝦夷地《えぞち》（北海道）に行き、イリコや干し鰊《にしん》、干し昆布を積み込み、それを淡路島や長州や四国の各藩に売っている。イリコも干し鰊も食用ではない。主に菜の花や木綿の肥料に欠かせないのだ。菜の花は種を搾って灯明の油とするためには不可欠な植物である。

ここで三者の利害が一致する。

富山の廻船問屋と薬種問屋は蝦夷地で干し昆布を大量に仕入れて、北前船で隠密裏に薩摩の西側の海に運ぶ。沖合で待つ薩摩側は干し昆布を琉球の船に移し、その船は琉球の港で清国からの品と交換する。

無論、清国の船が積んでくるのは唐薬種だけではない。朱、鮫皮《さめがわ》などの高価な品々も混じっている。

朱は鉱物で、これがなければ印肉が作れない。漆の器も作れない。仏具や神具の彩色にも必要だ。鮫皮は刀の柄《つか》に巻く。武士が斬り合いをしたとき、柄に鮫皮を巻いていないと血糊《ちのり》でぬるぬるになって刀を握っていられないのだ。だから斬り合いなどなくなった泰平の世にあっても鮫の皮を柄に巻いていない刀は価値がなかった。

蝦夷地は大量の干し昆布を買ってもらえる。富山の売薬業者は貴重な唐薬種を安定的に入手できる。廻船問屋は朱や鮫皮やその他の異国品で儲《もう》ける。薩摩藩は干し昆布を売って巨利を得る。琉球は手数料で儲ける。

こうやって弘化《こうか》四（一八四七）年に薩摩藩、越中富山の廻船問屋と売薬業者、清国が、蝦夷地の松前藩と琉球王国も巻き込んでの大貿易圏を作りあげる密約を結ぶことになる。当然、富山藩も承知している。

江戸幕府は鎖国を国法としていたし、抜け荷は重罪で、関与した藩も人もみな重罪に処せられる時代なのだから、この大貿易圏の実行と存続そのものがまさに命がけであったことがわかる。だが同時に、徳川将軍家の威信というものが天保の改革以来一気に低下していたことも事実なのだ。

地図で蝦夷地、富山、薩摩、琉球、中国と線で結ぶと、どれほど広大な範囲であるかがわかる。

ペリー率いる黒船が浦賀沖から江戸湾を目指して来航し、恫喝《どうかつ》外交で江戸幕府を脅した嘉永《かえい》六（一八五三）年のたった六年前である。

そして、幕末において、なぜ薩摩藩にあれほどに潤沢な軍費が貯《た》めこまれていたかも、この弘化四年の密約によって腑《ふ》に落ちるのだ。

しかし、弘化四年の段階では富山の薬売りも、結果として自分たちが江戸幕府崩壊の大きな片棒をかつぐことになろうとは夢寐《むび》にも思わなかった。薩摩藩もその時点では討幕のための軍資金を得ようとして清国との密貿易を行なっていたはずはないのである。昆布貿易は瀕死《ひんし》の藩財政を立て直すための窮余の策でしかなかったのだ。

だが、幕末における江戸幕府は歴史書の多くが書くように頑迷固陋《がんめいころう》な権威主義者ばかりではなかった。英邁《えいまい》な幕閣や幕臣もたくさんいた。彼等は日本という島国が世界のなかでどのような位置にあるかを、地政学的にも政治学的にも知悉《ちしつ》していたのである。

すでに何十年も前から、長崎出島に入港するオランダ商船や清国の交易船の船長と乗組員からロシア、イギリス、アメリカ、プロシア、フランスなどの欧米列強の情勢をつぶさに訊き出して、ほぼ正確な分析を行なっていた。

長崎奉行所の通訳などは代々その職にあったから、弘化四年のころにはオランダ人と遜色のない語学力を持っていた。

だから、アヘン戦争でイギリスがどれほど悪辣な策謀を駆使して清国を侵略したのか。それによって現在清国がどのような悲惨な目に遭っているかも熟知していた。

アメリカは何を求めて日本近海、主に小笠原諸島に出没するのか。ロシアの南下政策はまずどこを標的とするのか。その真の理由は何か。オランダは海の覇権になぜ負けつつあるのか。フランスで起こった革命でなぜナポレオンが勝利したのか。

江戸幕臣の中枢を支える者たちは、それらも把握していた。

やがてそれら欧米列強に日本が包囲されるであろうことも予見していたが、ではどのような手を打てばいいのかについては意見がまとまらなかった。結果として手をこまねいて空理空論を並べるしかなかったと幕府を能無し呼ばわりする歴史家もいるが、そうではなかった。日本をどのような国にすべきかを冷静に思考する優秀な幕臣たちはいたのだ。

しかし、譜代大名の幕閣には、ただ夷狄《いてき》撃つべしと息まくだけの「馬鹿殿さま」も多く存在した。お殿様は所詮お殿様であって、わずらわしいことはすべて家臣に丸投げしてしまう。そのように育てられたのだから仕方がないといえば仕方がないのである。

「おれはもう面倒臭くなったから、あとはお前らがやれ」

と突然放り出すのがお殿様というものなのだ。

けれども、町人、とりわけ海を仕事場として全国に商品を売って廻る廻船問屋も、六十余州三百藩といわれる地域の山里にも津々浦々にも足を運び、現地の人々と直接触れ合う越中富山の薬売りも、世間の流言や噂話の底に沈められているる真実を肌で知っていた。

自分の目で見て、自分の耳で聞いたことほど正確なものはない。彼等はあるいは優秀な幕臣よりもはるかに早く日本という国の運命を予見せざるを得なかった。

薩摩藩との密約は、富山の売薬業者と廻船問屋がひとつになって実現した命がけの難仕事である。日本の海と陸とで、いまどんな品物が幾らで取引きされていて、その相場がどこでどうやって決められているかの大本に行きつくと、金銀の相場がイギリスのロンドンで動いていると知る。絹の国際価格がフランスのパリで決められていることを知る。麝香や牛黄や高麗人参が北京《ペキン》と上海での相場に準じることも知る。鯨油の値段がアメリカのワシントンの相場で日々変動することも知る。

彼等は鎖国の日本にあって、商品の動きや価格で世界を見ることになったのだ。いかに唐薬種が越中富山の売薬業に欠くべからざるものであったにしても、幕府公認の長崎には清国の商船が出入りしているのだから、少々値段が高くても正規のルートから購入していればいい。鎖国や抜け荷という危な過ぎる吊り橋を渡らなくとも唐薬種は手に入るのだ。

それでもなお越中富山の薬売りと廻船問屋は薩摩藩に加担して琉球経由の密輸を決断した。ただ唐薬種をたくさん欲しかっただけではないはずなのだ。

江戸時代も中期になると商品経済が海上輸送によって大きく動くようになった。商人はその独特の商才と勘で、世の中の動きに敏感に対処できるようになった。そんな商人のしたたかな成長を江戸幕府も武家社会も気づかなかったにすぎない。

たしかに、越中富山の薬売りたちは、唐薬種欲しさに蝦夷地から薩摩へと大量の干し昆布を北前船で運びつづけた。そしてそのことが江戸幕府崩壊と明治太《だ》政官政府《じょうかん》の樹立へとつながるなどとは考えもしていなかった。

だが、もっと先のことは考えていたのではないかと、私はいささかうがち過ぎな推理をしてしまう。

日本は早晩開国をしなければならなくなる。それは世界の趨勢《すうせい》だ。その動きは止めることができない。だがそうなったとき、唐薬種だけでなく、他のあらゆる商品の交易権は幕府が握るであろう。幕府はそれぞれの御用商人を使って交易をさせて、儲けを一手に握る。江戸幕府が存在するかぎり、交易のシステムがそうなることは火を見るよりも明らかだ。

越中富山の薬も幕府の専売となる可能性が高い。御用商人は二つか三つあればいい。他の商人はごみ程度の品を扱わせておけばいい……。これは今風にいえば、つまり政府とかぎられた大商社の癒着である。

廻船業の世界で例えれば、淡路島に生まれ、のち文化年間に蝦夷地のクナシリの近くの海でロシアの軍船に拿捕《だほ》された廻船問屋・高田屋嘉兵衛は史上初めての日ロ外交交渉をやってのけたが、彼が事実上開拓した箱館港はやがて松前藩が占有し、高田屋は陰謀によってつぶされていく。

それと似たようなことが起こるとしたら、二百六十年間もつづいた幕府の政治システムこそ日本中の廻船問屋の敵だ。

それゆえに、江戸開府以来つねに幕府の仮想敵として目の敵にされてきた西国の最大の雄藩・薩摩藩と手を結んでおくことはやがて思いも寄らない果実をもたらすかもしれない。

富山の薬売りと廻船問屋が、そこまでの深謀遠慮を腹のうちに隠していた可能性はなきにしもあらずなのだ。

そんなつもりでやったのではないのに、それがはるか遠くの爆弾の導火線に火をつける結果となった。私たちの人生には数限りなく起こる不思議のひとつであるが、越中富山の薬売りの薩摩への昆布回漕もそのひとつであろう。奸計《かんけい》を蔵した多少のたくらみがなくはなかったにせよだが。

いま私は、「潮音」と題して、これらのことを歴史小説として書きつづけている。

写真のあとさき

子供のころの写真はとても少ない。昭和二十二年生まれの私が小学校低学年のころは、カメラを持っている人は近所にひとりいるかいないかだった。

小学校で新学年が始まる日にクラス全員で記念写真を撮るのだが、写真といえばそれくらいのもので、我が家の古いアルバムには、その程度のものしか残っていない。

カメラが一般に普及してくるのは、私が小学五、六年生になるころだと思う。だから、記念写真以外は、私の写真も両親のもないのであると書くべきだが、たった一枚だけあるのだ。

小学三年生の夏に、武庫《むこ》川に泳ぎに行ったときに写してもらった写真だ。

武庫川は、丹波の篠山市近くを源流としていて、宝塚市南方で大阪平野の北西部に出て南下し、下流域では西宮《にしのみや》市と尼崎市の境界を成して瀬戸内海に注ぐ。私がいま調べた資料ではそう書かれている。

私が小学三年生時分には、周辺の子供たち以外にも、大阪市の北西側に住む子供たちまでが、夏には阪神電車に乗って武庫川へと遊びに行った。河口に近いので、流れはゆるやかで泳いでもさほど危険ではないし、ハゼ釣りの穴場も多かったのだ。

連れて行ってくれたのは家の近くに住む大谷さんという大学生だった。夏休みで、我が家は中華料理店と雀荘《ジャンそう》を営んでいるので、息子を遊びに連れて行ってくれる人がいるとお礼の意味で小遣いを多めに渡す。大谷さんはそれを目当てに私を誘ったのだ。

その前の年、私は肺門のリンパ腺が腫れたのでずっと薬を服用していて、一年たっても運動は禁止されていた。学校のプールでも「見学」で、みんなが水泳を習っているのを見ているだけだった。

母は、川には腰までつかるだけだとしつこく言って、去年買った海水パンツを持たせてくれた。父は、川はふいに深くなるし、晴れていても水かさが増すことがあるので気をつけろとバス停にまでついて来て何度も言った。

遠くに入道雲がせり上がっている快晴の日だった。両岸の河原には、海水浴場でもこれほどではあるまいと思うくらいの人間がひしめいて、着替えの場所を確保するのにも難儀をした。

大谷さんは泳ぎが上手で、私が流れに足だけつけているところからかなり上流まで行くと、下ってくる流れに乗ってクロールで対岸へ泳ぎ、それからまた流れに乗ってこちら側へと戻った。川幅は四、五〇メートルはあった。それは素人離《しろうと》れした泳法だったので、私の周りでは感嘆の声があがった。

三十分くらい泳いでから、大谷さんは河原に戻って来て、ちゃんと見ておいてやるから、少し泳いでみろと私に言った。そして持って来た鞄のなかからカメラを出した。夏の初めに郷里の島根に帰ったときに拝借してきた兄貴のカメラだという。

私はカメラを持った大谷さんと川に入り、岩と岩に挟まれた安全な場所で両方の指を耳に差し込んで潜った。足を伸ばせば、顔は水面に出る。それを何回か繰り返しているときに、大谷さんはカメラで私を撮った。私を撮るふりをして、きれいな女性を盗み撮りしていることはわかった。

周りでざわめきが起こり、川の真ん中あたりから悲鳴が聞こえた。

川からは片方の手が突き出て、それはすぐに沈み、次に少し下流で上体がのけぞるのが見えた。中学生くらいの女の子だということはわかったが、その姿もすぐに消えた。

大谷さんは私にカメラを渡し、河原に上がっていろと言って、女の子が溺れているところへと全力で泳ぎ始めた。

助けようと泳いできた人たちは、女の子の姿が見えたところだけで潜ったり浮き上がって息を継いだりしていたが、大谷さんひとりが下流に先回りして、何度も潜った。

河原にいる夥《おびただ》しい数の人々も、ただなりゆきを見守るだけだった。大谷さんはあとで、

「たった五分くらいだ」

と言ったが、私にはとても長い時間に思えた。

近くにいたおばさんが、

「もうあかんわ。ずーっと下のほうに流されてしもたんやわ」

と言った。

大谷さんの姿もない。助けに行った人たちもあきらめて川の岩に腰をおろして

しまっている。河原の喧騒《けんそう》も消えてしまっている。

近くの誰かが泣きだしたとき、川の下流の真ん中あたりで「ザバア」という音がした。

女の子を抱いた大谷さんが浮き上がったのだ。大谷さんは二、三度足を取られて沈んだが、意識を失っている女の子を抱いて河原に上がると、うつぶせにして何度も背中を押したり、頬を叩いたりした。

あのころは蘇生《そせい》術というものが普及していなかったので、大谷さんの急場の処置は、なんとか息を吹き返させようとする必死の行動だったのであろう。

万策尽きた表情で、誰か救急車を呼んでくれと大谷さんが大声で叫んだとき、女の子は上半身を起こし、周りを見やり、それから泣き始めた。

まだしばらくじっとしておけという大谷さんを邪険に振り払い、咳き込みつつ泣きじゃくりながら、大谷さんを憎々しげに睨《にら》んで、裸足《はだし》のまま河原を歩いて堤防へと上がり、民家の密集するほうへと去って行った。

「自分が溺れて死にかけたっちゅうこともようわかってないんやで」

と誰かが言った。

「助けてくれた人に、礼のひとつも言わんとはなあ」

「にいさん、溺れさせて、なんか変なことをしようとしたと思われたんかいなあ」

大谷さんはさまざまな言葉に苦笑しながら、

「恥ずかしかったんでしょう」

とだけ言って、服に着替え、私をせかして阪神電車の駅へと行った。

人が溺れて死にかけて、口や鼻から水を吐いて甦るさまを一部始終見ていた私は、動転し興奮してはいても、言葉というものが出てこなかった。電車のなかでも家への道でもひとことも喋らなかったという記憶がある。

九歳時の記憶に正確性を求めることは出来ないのだが、ほとんどなにも喋らなかった証拠はある。

いつもと様子がちがう息子を心配して、武庫川でなにがあったのかと、夏休みが終わってしばらくたってからも母に訊かれつづけたからだ。

小学三年生のときのたった一枚の写真は、黒っぽい海水パンツをみぞおちのところまでずりあげて、左右の人差し指を両耳に突っ込んだまま、川のなかから上体を出した瞬間のものだ。

九歳の夏の私は、理科室の骨の標本のように痩せていて、目に水が入るので顔をしかめている。真夏の午後の太陽は暑そうだ。

大谷さんがその写真を撮った一分か二分かあとに、女の子は川の真ん中で深みに足を取られるかして溺れて死にかけた。大谷さんがいなかったら死んでいたにちがいないのだ。

私は写真を見るたびに、一瞬のあとさきというものを考えてしまう。事件が起こる予兆を一枚の写真のどこかに捜そうとしてしまうのだ。

蜜柑山からの海

父は二十代前半のころに最初の結婚をした。双方の親が認めているのに、なぜか駆け落ちをして愛媛県南宇和郡一本松村から大阪に出てきたという。駆け落ちというものをいちどやってみたかったそうだ。

相手は十八歳で、津田貴子という名だった。同じ南宇和郡の御荘《みしょうちょう》町という町に住んでいた。宮本家と津田家とは、ずっと以前から昵懇《じっこん》の間柄で、親同士も仲が良くて、いずれ双方の長男と長女とを夫婦にしようと決めていたという。

正式に結婚するためにはお互いの戸籍謄本などが必要なので、父はそれらを送ってくれという手紙を出した。そのために居所がばれてしまい、貴子の兄が大阪にやって来た。誰も反対などしていないのだからとりあえず南宇和に帰ってちゃんと祝言をあげて、それから大阪暮らしを始めればいいではないかと説得するためだった。

しかし、二十三歳と十八歳の若いふたりは郷里に帰らなかった。帰ったらお互いの親や親戚たちから叱責されて別れさせられるのではないかと思ったからだという。

「どっちも火の玉じゃ。しょうがないけん、好きなようにさせてやれ」

ということになり、ふたりはそのまま大阪で結婚した。貴子の兄が媒酌人となり、ささやかな席を設けて三々九度の盃《さかずき》を交わしたという。

それから二ヵ月ほどたって、近畿を中心として流行性感冒が猛威をふるった。貴子も罹病《りびょう》して、高熱を発して三日後に呆気《あっけ》なく死んでしまった。

遺灰は、再び上阪した貴子の兄が南宇和へと持って帰った。

私の父は茫然自失《ぼうぜんじしつ》の状態で十日ほど借家の部屋から出ないまま、ひとりきりですごした。

「駆け落ちなんかせずに南予におったら悪い病気にもかかりゃあせんじゃったろうに」

貴子の両親が言ったという言葉が、鑿《のみ》か錐《きり》のように胸に刺さって、それは長く消えなかった、いまでも消えていない。父は幼い私によくそう話したものだった。

だから、いちども逢ったことのない貴子という女性の容姿を私は自分のなかで想像して作りあげてしまった。

貴子の兄が、その後大阪府警の警察官になっていたことを知ったのは小学校にあがった年だった。

私は大阪市立曾根崎小学校に入学したが、道ひとつ挟んで曾根崎警察署があった。両親につれられて入学式に行った私は、講堂のうしろで父と母と笑顔で話している立派な体格の男が気になって仕方がなかった。同じ新入生の親とは思えなかったのだ。

入学式を終えて講堂から出てくると、父は男を紹介してくれた。

「わしの義理の兄貴じゃ。元義理の兄というほうが正しいがのお。津田のおじちゃんじゃ」

そう言われても、私はそのときはすぐに津田のおじちゃんが誰なのかわからなかった。

「心配せんでもええけん。わしがあとでちゃんと家まで送るでなあし」

と津田のおじちゃんは言って、私と手をつなぐと曾根崎商店街の向こうの警察署へ入っていった。どうも南予出身者は同郷の人と話すときは何十年も大阪に住んでいてもたちまちお国言葉になるようだった。

昭和二十八年頃の曾根崎警察署には三階か四階に柔剣道の道場があった。津田のおじちゃんは、柔道の稽古をしている警察官たちに私を引き合わせて、俺の子供のようなものなので、どうかよろしく頼むと言い、この人は交通課のTさん、この人は少年課のHさん、この人は捜査二課のYさん、みな大阪府警きっての柔道の名選手だと紹介してくれた。

「津田のおじちゃんは？」

「わしは捜査三課じゃったが、いまは柔道部の師範代が本業みたいなもんじゃ」

津田のおじちゃんは、そのあと警察署の玄関を警護する若い警官にまで私を引き合わせてくれた。お陰で、私はそれ以後、曾根崎警察署への出入りはフリーパスとなって、学校が退《ひ》けるとランドセルを背負ったまましばしば柔剣道の稽古を観に行くようになった。

「こら、早《はよ》う帰らんとお母ちゃんが心配するぞ」

と剣道の面をつけた警官に叱られて、びっくりしていると、その人は捜査二課のYさんだったり、交通課のTさんだったり、ということもよくあった。

道場にばかり入り浸ると顔見知りの警察官や刑事に見張られているみたいで居

心地が悪いので、私は建物の隅にある休憩所に行くようになった。そこでは夜勤を終えた警察官たちがテレビを観ていたり、将棋盤や碁盤を囲んでいる。ときおり、稽古の合間に津田のおじちゃんもやって来て将棋を指したりする。そんなときは、近くの食堂からぜんざいやかき氷を出前で取ってくれる。

私はそのころ家の近くに住む年上の少年から将棋を教えてもらい、やっと駒の動かし方やルールを覚えたばかりだったので、おとななのにあまりに下手な指し方をする警官を横から笑ったり、あれやこれやと口出ししたりして遊んだ。

おじちゃんは南予の高校を卒業すると私の父の勧めで大阪府警に就職した。貴子が死んだあとも、父と津田のおじちゃんの交友はつづいていたのだ。おじちゃんは歳が上の父を「兄さん」と呼んでいた。津田のおばちゃんも南予の人だった。夫婦には子供がなかった。

大阪の帝塚山《てづかやま》という閑静な住宅地に家があって、津田夫婦は土曜日になるとどちらかが私を迎えに来た。私が泊まりに来るのを楽しみにしてくれていたのだ。

母は寝間着と着替えを風呂敷に包んで私に持たせ、ジュウシマツの卵を割らないようにとか、好き嫌いをせずに、出されたものはなんでもおいしいと言って食べるようにとか言い聞かせて私を送りだす。

帝塚山の家は平屋の木造家屋よりも手入れの行き届いた庭のほうが広くて、太い木がたくさん葉を茂らせていた。縁側から庭の奥につづく飛び石は形よくSの字を描いて、なんだか深い森への入り口に見える。

津田家には郷里に親から譲り受けた蜜柑山《みかんやま》があり、それを蜜柑農家に貸していたので、警察官としての給料以外に収入があったそうだ。

すでに警察を定年退職したのだが、柔剣道の師範代として再就職していたので、まいにち出勤する必要はなかったのだ。

たぶん私が小学三年生の夏休みだったと思う。津田家に五泊したことがある。広さに比して樹木の多い庭は小暗くて蟬《せみ》が多かった。縁側に坐っている私にその蟬の鳴き声が渦を巻くように迫ってくる昼下がりに、並んで坐っていた津田のおじちゃんが穏やかな笑みを浮かべて言った。

――わしには気立てのいい可愛い妹がいたのだが十八で死んでしまった。もしあいつが生きていたら、お前は生まれていなかったのだ。逆の考え方をすれば、あいつが死んだからお前が生まれることができたのだ。不思議なことではないか。この家の縁側でお前と将棋を指していると、不思議だな、不思議だな、この世は不思議だなと思ってしまう。わしとお前とは血のつながりはないが、もっと深い

ものでつながっているような気がする。小さくて痩せっぽちのお前が可愛くてたまらない。──

私は、ああ、貴子という人のことだなと思ったが黙っていた。貴子という女の人のことを父から聞いて知っていると口にしないほうがいいような気がしたのだ。なぜそう思ったのか、いまでもうまく説明できない。

津田のおじちゃんとは帝塚山の家の縁側でよく将棋を指した。冬にも泊まりがけで遊びに行ったのに、私の記憶には、将棋はいつも縁側のすさまじい蟬の声のなかで指していた光景しかないのだ。

私は津田のおじちゃんにいちども勝てたことがなかった。勝てるどころではない。たった三つの駒だけであっというまに詰められたこともある。飛車角金香車落ちで、やっと互角の局面になるのだが、それはおじちゃんが手加減してくれているだけで、その気になればたちまち詰められてしまう。

それでも私はもういちど、もういちどと挑みつづけたが、もう絶対に勝てないと悟ると、どんなに誘われても将棋盤の前に坐らなくなって、夫婦が飼っているジュウシマツの十数個もの籠を庭に並べて日光浴をさせることに没頭した。

どれかの籠のなかでは、それぞれのつがいが卵を抱いていた。雛《ひな》が殻を破って出てくるのを夜中まで見つめつづけたことが何度もある。

　小暗い庭、打ち水でいつも濡れている飛び石、洞窟の奥で反響しているような蝉の声、白いどんぐりに似たジュウシマツの卵、体のなかまで透き通っている生まれたばかりの雛……。

　それら津田家のものたちとの別れは突然にやってきた。私たち一家が富山に引っ越さねばならなくなったからだ。

　数年後、郷里へ帰った津田のおじちゃんの死をしらせる手紙が届いたが、父は商売を失敗しつづけて、葬儀には行けなかった。南予の御荘町へ行く交通費もままならなかったのだ。

　母が軽い脳梗塞で寝たきりになった年に津田のおばちゃんから手紙が届いた。私は四十四歳になっていた。

　手紙は、御荘の蜜柑山の相続に関することで、私にも何分の一かの相続権があると書かれてあった。

　父は私が大学生のときに死んでいるが、父と津田家の長女は離縁したのではなく死別なので、私にも相続権があるという。

　当時の相続に関する法律を私はよく知らないが、津田のおばちゃんは、津田家代々で継いできた蜜柑山を売って、その金を自分の残り少ない老後に充てたいと書いていた。つまり、私の相続権を放棄してはくれないかという依頼だったのだ。

私はすぐに同封してあった書類に署名捺印《なついん》して送った。法律がどうであれ、私が津田家の蜜柑山を売った金を受け取る権利などないのだ。

その津田のおばちゃんも亡くなって二、三年たったころ、私は父の郷里を訪ね、かつては津田家のものだった蜜柑山にのぼった。こんなに大きな山だったのかと驚きながら、真珠養殖のためのいかだが整然と浮かぶ美しい御荘湾を見おろしていたとき、あの曾根崎署で津田のおじちゃんが後輩の警察官たちに幼い私を紹介したときの言葉がふいに甦ってきたのだ。

「俺の子供のようなものなので、どうかよろしく頼む」

それと重なるようにして、縁側でおじちゃんが言った言葉も胸に迫ってきた。津田のおじちゃんの言葉の奥には、千万言を費やしても言い表せない思いが込められていたことが、やっとわかったのだ。

南予の陽光を浴びて旋回している鷗《かもめ》を眼下に見ながら、私は、命とはなんと不思議なものであろうと思った。命よりも不思議なものが他にあるだろうか、と。

あとがき

私はある時期からエッセイを書くことをやめていた。懇意な編集者の熱心な依頼であっても、平謝りしてお断りさせていただいてきた。小説に専念したかったからだ。

ところが、いまから七年前の二〇〇七年の春、京都の高名な料亭「高台寺　和《わ》久傳《くでん》」の大女将《おおおかみ》・桑村綾さんと食事をしたとき、自分は和久傳でエッセイ誌を出すのが夢だったので、思い切ってその夢を実現することにした、と打ち明けられた。

年二回刊で、本の造りも贅沢《ぜいたく》にして、各界人士に執筆してもらい、和久傳を贔《ひい》屓《き》にしてくれるお客さまに無料でお渡しするという。

「やめたほうがいいと思うなぁ。せいぜいよくつづいて三号だ。三号で廃刊」

と私は言った。なんとなく私にも飛び火して来そうないやな予感がしたからだ。

私にも書けと言うだろう、と。

だが、桑村綾さんは、やると決めたらあとには退かない人なのだということもわかっていた。

年にたったの二回。自由気ままに書いてくれたらいい。枚数は五枚でも二十枚でも筆の進むにまかせて制限はない。ただし、このエッセイ誌がつづくかぎり連載をつづけてくれ。

桑村さんの言葉に、私は、えっ？　と驚きの声をあげた。一回きりではないのか、と。

とにかく「うん」と言わなければ、一ヵ月でも二ヵ月でも毎日電話をかけつづけて宮本輝の仕事の邪魔をするという。

私は困ってしまい、どうせ三号くらいで廃刊になるのだから、ここは「うん」と返事をしておいて、適当な時期に逃げていこうと考えた。

桑村さんの夢であった「桑兪《そうゆ》」というエッセイ誌の創刊号は二〇〇七年の十一月に刊行された。

三号が出ても、四号が出ても、廃刊の気配はない。お客様たちは楽しみに待ってくれているし、「桑兪」に対する評価は高いので、このままつづけていけそうだと桑村さんは嬉しそうだった。

私にとっては誤算である。だが、「桑兪」に書くことで、エッセイというものの滋味深さをあらためて教えられて、私は七年間連載をつづけてきた。

きっと私と同じように、和久傳の大女将に迫られて引き受けざるを得なくなったのであろう加藤静允氏の挿画を観ることも大きな楽しみになっていたのだ。「桑兪」を目にした集英社の村田登志江さんの強い勧めで、この『いのちの姿』は単行本として刊行されることになった。創刊号からの十四篇が収められている。

味わい深い稚気を醸し出す挿画の何点かを使わせて下さった加藤静允氏に心から感謝申し上げる。この単行本を造って下さった集英社文芸編集部の谷口愛さんにも心からの謝意を表させていただく。

あ、それから、エッセイを書く楽しみを思い出させてくれた桑村綾さんにも。

宮本　輝

二〇一四年十月

文庫版あとがき

三年前に刊行した単行本の『いのちの姿』は京都の料亭「高台寺　和久傳」が年に二回、十年にわたって発行しつづけてきた「桑兪」という雑誌に連載したものを一冊にまとめたものである。

単行本のあとがきでは触れなかったが、和久傳の大女将の桑村綾さんは、「桑兪」という贅沢な造りの随筆誌を十年間つづけるという覚悟で始めた。

十年つづけて、いちおうそこで区切りをつけて、もし新たな展開が思い浮かべば、別のかたちで復刊しようと考えたという。

しかし、私のエッセイの単行本化を強く求められて、「桑兪」がまだ発刊八年目のときに一冊にまとめて出版された。

だがその後の約三年近く、連載はつづいた。「桑兪」はことしの春に目標の十年を迎えて当初の予定どおりいったん終刊することになった。

つまり、「桑兪」の終刊までに連載をつづけた私のエッセイは五篇が単行本には未収録のままになったことになる。そこで、このたびの文庫化で、その五篇を収録して、十年間の連載エッセイのすべてを読者に読んでいただけるようにしたいと考えた次第だ。

「桑兪」のエッセイは、連載をお引き受けしたときに、「小説にしてしまうとあまりに小説的になりすぎる」という思い出なり経験なりの素材を使おうと決めていたので、なにをどう書いても自由だという桑村綾さんの言葉に甘えて、これ以上書くと創作の領域だというぎりぎりの分水嶺あたりをうろつきながら、エッセイというジャンルを超えるという企《たくら》みを貫くことができた。

超えられたかどうか私にはわからないが、「いのちの姿」の千変万化のかけらは、それぞれのエッセイに忍ばせることができたのではと自負している。

人間も植物も虫も、みんないのちであり、一個の石ころさえもいのちに見えるときがある。

風にも大気にも雨にも雲にも、いのちの姿を感じる。いのち以上に不思議なものはない。

「桑兪」における十年間の連載エッセイを読み返して、私はあらためて「いのち」を見つめようとしている。

この『いのちの姿　完全版』の文庫化にあたっては集英社文庫編集部の海藏寺

美香さんのお世話になった。深く謝意を表させていただく。

二〇一七年八月

宮本　輝

解説――血を滾《たぎ》らせる人

行定　勲

はじめて宮本輝という作家の存在を知ったのは私が小学六年生の時だったと思う。祖父に連れられ熊本市内の映画館で『泥の河』を観たときだった。スクリーンに映し出された敗戦した日本の貧しくも叙情的な風景が目に焼きついた。その美しいモノクロームの中には、いかがわしい闇が存在していた。戦後日本の漲《みなぎ》る生命と隠微な人間の裏側がそこに活写されていた。私は主人公の少年や少女に近い年齢だったせいもあって、纏《まと》わりつく死を感じさせる映画の世界に恐怖を覚え、息をするのも忘れ身を硬くして観た記憶がある。あきらかに私がそれまでに観てきた映画が作り物に思えるくらい、すべてが本物に思えた。子供ながらにして、登場人物たちの息遣いと佇《たたず》まいのリアリティにかなりの衝撃を食らったのだ。私は映画の中の闇の奥にあるものの実態が何なのか知りたいと思い、映画を観た帰り道に祖父にねだって小説『泥の河』の単行本を買ってもらった。それ以来、宮本輝の小説をとりつかれたように読んだ。何度も血を滾らせるような想いにさせられた。読みはじめるといつも、自分の心についた染みが浮きぼりになっていく。いくら洗っても取れないような染みで、油が飛んで出来たものなのか、かさぶたを無理矢理に剝がしてしまって出来た血の跡なのか、もしかすると返り血かもしれない。気にしていると、「そんなものはただ汚れて出来た染みだよ」と言われているような気分になっていく。どんな染みのついた人生にも見上げると美しい星空が広がっている、そんな奇跡のような光景があることを、それを知らずに生きている私たちに気づかせてくれるのが宮本文学の素晴らしさだ。私は何度も救われた。やがて、私は映画監督になって、いつか宮本輝の作品を映画化したいというのが夢となり目標になった。

宮本小説で好きな作品をあげたらきりがない。敢《あ》えて選ぶなら『真夏の犬』『西瓜《すいか》トラック』『星々の悲しみ』、そして『錦繡』。人生に未熟な主人公が直面する死や性を描いたものは、思春期の私の心に深い影を作り出した。

どの登場人物にも嘘《うそ》がないのは、本書の「小説の登場人物たち」にあるように宮本さんが「どれだけの人生に触れ、そのどの急所に目を向けてきたか」にあると思う。宮本さんは、自分も含めた人間の命の炎の揺らぎを見つめ、何度もその儚《はかな》さに向き合って生きてきた人なのだろう。だから宮本小説の登場人物には、這《は》いつくばって生きる人間の生命の力強さがあるのだ。その見てきたものが登場人物の生き方に反映され、生々しさや親近感を生んでいるのだと思う。

時代も場所も経験した出来事も違うのに私は、宮本さんの話に不思議と既視感を覚える。どことなく懐かしい思い出にも似た感覚があるのだ。テレビの対談番組ではじめて宮本さんにお会いする機会を得たときに、「宮本さんにとって原風景はどこにあるのですか?」と率直に聞いてみた。すると「原風景は一つではなく、いつの時代にもいくつもの場所にもあるものだ」と答えられた。

大阪市内に流れる土佐堀川と堂島川が合流して安治川と名を変えるところの畔《ほとり》は、宮本さんの作品に何度も出てくる場所だ。原風景の一つであることは間違いないだろう。そこで過ごした多感な少年時代に、いくつもの生と死に遭遇し、その感触や匂いから『泥の河』は生み出されたのだと思われる。

私は芸術のほとんどは記憶の産物だと思っている。宮本さんは少年時代から幾多のとんでもない体験をしてきたということを本書でも書かれている。特に「トンネル長屋」のエピソードはまさに真実は小説より奇なりであった。

宮本少年は十歳のとき、叔母が住む奇妙なアパートに一年間預けられる。そこで孤独死した老人を発見したり、包丁を持って現れた男が女を刺すところを目撃したりした。その長屋では、飲み屋の二階で客を取る女や、占い師をしている自称「詩人」の女、ヒロポンを売る中年男など、淫靡《いんび》なものを飯の種に生きる大人たちを目にした。ついには顔見知りでもない元教師の男から部屋の南京錠《なんきんじょう》を外からかけて欲しいと頼まれ、その数日後、元教師の部屋から腐乱臭がしてくる。男は睡眠薬を大量に飲んで自殺したのだ。「お前には、行くところ行くところで厄介事に遭遇するっちゅう星回りみたいなもんがあるのかもしれん」と宮本少年は父親に言われたという。それを知って私は、宮本さんの書く世界にシンパシーを感じていたその理由に合点がいった。私も宮本さんと同じような星回りなのかもしれないと思い当たったからだ。

宮本さんが浪人生の頃、「父が事業に失敗し、取り立て屋と呼ばれる男たちから追われる日々が始まっていて、予備校には行けなくなっていた。取り立て屋は予備校の近くで私を待ち伏せているのだ」と本書の「ガラスの向こう」で述懐しているが、私も中学生に上がったばかりの頃、下校中、学校の校門の前で取り立て屋の車に押し込められ、拉致されそうになったところを担任の先生から救い出されたことがあった。

私の父は小さな会社を経営し、玄関先などに置いておくと見栄えが良くなるような郷土品（姫達磨《ひめだるま》や博多人形など）を安価で流通する、ようはバッタもんを売る商売をしていた。羽振りも良く私の家は比較的裕福な暮らしをしていた。それがある日、父の部下が不渡り手形を隠したまま行方不明になった。それによって父の会社は大きな負債を背負ったのだ。父は会社を立て直そうと必死になって金の工面をしたが、ある日、私の家に裁判所員が踏み込んで来て、露骨に差し押さえの紙を家中の家財道具や電化製品に貼っていった。ブラウン管テレビの画面の真ん中に紙を貼ると子供の私に向かって、「絶対に剝がさないように」と強く吐き捨てるように言って去った。その後、父から電話がかかってきて、母が崩れ落ちて泣いているので私が代わると、父は「ごめんな」と何度も涙声で言った。あの声は一生、私の耳から離れることはない。

熊本市の東部にある清澄な湧き水のせせらぎが美しい上江津から動物園やサイクリングロードに囲まれた緑豊かな下江津に連なる江津湖《えづこ》という湖の畔の町は、私の人生でも強く印象に残る原風景である。その湖で、私も宮本さんのようにいくつもの死に遭遇した。釣りをしていてトレンチコートを着た女性の水死体を発見したり、仲の良かった友だちの死にも直面した。

私とその友だちは初冬になると飛来してくる鴨《かも》をパチンコ玉で撃つ約束をしていた。しかし、私は約束の場所に合流できなかった。友だちは一人で船に乗り、その船は転覆した。夕方遅く家に連絡が来て、私は走って湖へ向かった。そこでレスキュー隊に引き上げられ水を吐きながら息絶えた友だちの最期を見た。その経験は私の心に傷となって今でも痛み続けている。宮本さんが見た土佐堀川に流れるたくさんの死体の幻想は、私の友だちの苦しそうな歪《ゆが》んだ顔を思い出させた。その記憶から生まれた私の物語こそ初めて書いた脚本だったが、未だ映画にはなっていない。

「お前の行くところ行くところ、事件ありや」と宮本さんが言われたように、まさに私の行く先々にも事件ありだった。転校してきたサーカス団の一輪車の少女を駆け落ちよろしく連れ出したこと、買ってもらったばかりの私の自転車を奪った北朝鮮系の中学生のところに、韓国系の友だちが一人で襲撃し取り返しに行ってくれたこと、屑屋《くずや》のおじさんが住む掘建て小屋に忍び込んだ時、友だちが置いてあったマッチを弄《いじ》っていると火が布団に燃え移り小屋が燃え、何も悪くないおじさんが町から追い出されるように出て行ったこと。

無自覚に生きていた幼少の頃、私もいろんな事件に巻き込まれたが、宮本さんが書いているように他人には窺《うかが》い知れない「それぞれの事情がある」ことをそこから学んだのである。

私は子供のころ、よくホラ吹きと揶揄《やゆ》された。実際に起こった出来事を話したのだが、そんなことはなかったとまわりの者には笑われた。嘘はついていない、私にはそう見えたのだ。真実は一つではない。その出来事のどんな側面に何を感じるかで違ってくるという宮本さんのものの見方から習得したのだと思う。

本書の「人々のつながり」に出てくる、かつて世話になった会社の社長夫婦の父君の命をかけた亡命の話も、「田園の光」の黒部川の堤から見た風が稲を揺らすその玉虫色に輝く田園の光景も、「土佐堀川からドナウ河へ」の異国なのに懐かしい風景の中で、出会う人々とのつながりに運命的とでもいうような道程を感じさせることも、宮本さんの見た真実はまさに独特の繊細さとユーモアによってドラマチックに昇華され、どれも映画の一場面を思わせるような壮大なものになるのだ。

こうして書いていて気づいたことがある。宮本さんの綴《つづ》る言葉に触れるたびに、私の中の原風景が輪郭を濃くしていくのだと。それはつまり、宮本さんの血潮が私の中に流れ込んできて、本来見ていた記憶の風景と綯《な》い交《ま》ぜになって、そこに映画的なイメージを抱かせるのだ。

「見ること」の奥深さを教えられ、「いのち」の尊さを知った。今もこれからも宮本文学は私の血を滾らせ続けるのだろう。

（ゆきさだ・いさお　映画監督）

本書は、二〇一四年十二月、集英社より刊行されました。
文庫化にあたり、「象牙石」「トンネル長屋」「そんなつもりでは……」「写真のあとさき」「蜜柑山からの海」の五篇を加えました。

初出
「桑兪」（和久傳発行）二〇〇七年第一号〜二〇一七年第二十号

集英社文庫　目録（日本文学）

宮尾登美子　影絵
宮尾登美子　朱夏(上)(下)
宮尾登美子　天涯の花
宮尾登美子　岩伍覚え書
宮木あや子　雨の塔
宮木あや子　太陽の庭
宮城谷昌光　青雲はるかに(上)(下)
宮子あずさ　看護婦だからできること
宮子あずさ　看護婦だからできることII
宮子あずさ　老親《ろうしん》の看《み》かた、私の老い方
宮子あずさ　ナースな言葉 こっそり教える看護の極意
宮子あずさ　ナース主義！
宮子あずさ　卵の腕まくり 看護婦だからできることIII
宮沢賢治　銀河鉄道の旅
宮沢賢治　注文の多い料理店
宮下奈都　太陽のパスタ、豆のスープ
宮下奈都　窓の向こうのガーシュウィン
宮田珠己　ジェットコースターにもほどがある
宮田珠己　だいたい四国八十八ヶ所
宮部みゆき　地下街の雨
宮部みゆき　R. P. G.
宮部みゆき　ここはボツコニアン 1
宮部みゆき　ここはボツコニアン 2 魔王がいた街
宮部みゆき　ここはボツコニアン 3 二軍三国志
宮部みゆき　ここはボツコニアン 4 ほらホラHorrorの村
宮部みゆき　ここはボツコニアン 5 FINAL ためらいの迷宮
宮本輝　焚火の終わり(上)(下)
宮本輝　海岸列車(上)(下)
宮本輝　水のかたち(上)(下)
宮本輝　いのちの姿 完全版
宮本昌孝　藩校早春賦
宮本昌孝　夏雲あがれ(上)(下)
宮本昌孝　みならい忍法帖 入門篇
宮本昌孝　みならい忍法帖 応用篇
三好徹　興亡三国志一～五
武者小路実篤　友情・初恋
村上龍　テニスボーイの憂鬱(上)(下)
村上龍　ニューヨーク・シティ・マラソン
村上龍　ラッフルズホテル
村上龍　すべての男は消耗品である
村上龍　龍言飛語
村上龍　エクスタシー
村上龍　昭和歌謡大全集
村上龍　KYOKO
村上龍　はじめての夜 二度目の夜 最後の夜
村上龍　メランコリア
村上龍／中田英寿　文体とパスの精度
村上龍　タナトス

集英社文庫　目録（日本文学）

村上龍　2days 4girls
村上龍　69 sixty nine
村田沙耶香　ハコブネ
村山由佳　天使の卵 エンジェルス・エッグ
村山由佳　BAD KIDS
村山由佳　もう一度デジャ・ヴ
村山由佳　野生の風
村山由佳　きみのためにできること
村山由佳　キスまでの距離 おいしいコーヒーのいれ方Ⅰ
村山由佳　青のフェルマータ
村山由佳　僕らの夏 おいしいコーヒーのいれ方Ⅱ
村山由佳　彼女の朝 おいしいコーヒーのいれ方Ⅲ
村山由佳　翼 cry for the moon
村山由佳　雪の降る音 おいしいコーヒーのいれ方Ⅳ
村山由佳　緑の午後 おいしいコーヒーのいれ方Ⅴ
村山由佳　海を抱く BAD KIDS

村山由佳　遠い背中 おいしいコーヒーのいれ方Ⅵ
村山由佳　夜明けまで1《ワン》マイル somebody loves you
村山由佳　坂の途中 おいしいコーヒーのいれ方Ⅶ
村山由佳　優しい秘密 おいしいコーヒーのいれ方Ⅷ
村山由佳　聞きたい言葉 おいしいコーヒーのいれ方Ⅸ
村山由佳　天使の梯子
村山由佳　夢のあとさき おいしいコーヒーのいれ方Ⅹ
村山由佳　ヘヴンリー・ブルー
村山由佳　蜂蜜色の瞳 おいしいコーヒーのいれ方 Second Season Ⅰ
村山由佳　明日の約束 おいしいコーヒーのいれ方 Second Season Ⅱ
村山由佳　約束 ―村山由佳の絵のない絵本―
村山由佳　消せない告白 おいしいコーヒーのいれ方 Second Season Ⅲ
村山由佳　凍える月 おいしいコーヒーのいれ方 Second Season Ⅳ
村山由佳　雲の果て おいしいコーヒーのいれ方 Second Season Ⅴ
村山由佳　彼方の声 おいしいコーヒーのいれ方 Second Season Ⅵ
村山由佳　遥かなる水の音

村山由佳　記憶の海 おいしいコーヒーのいれ方 Second Season Ⅶ
村山由佳　地図のない旅 おいしいコーヒーのいれ方 Second Season Ⅷ
村山由佳　放蕩記
村山由佳　天使の柩
群ようこ　トラちゃん
群ようこ　姉の結婚
群ようこ　でも女
群ようこ　トラブルクッキング
群ようこ　働く女
群ようこ　きもの365日
群ようこ　小美代《こみよ》姐《ねえ》さん花乱万丈《からんばんじょう》
群ようこ　ひとりの女
群ようこ　小美代姐さん愛縁奇縁
群ようこ　小福歳時記
群ようこ　母のはなし
群ようこ　衣もろもろ

集英社文庫　目録（日本文学）

室井佑月　血《あか》い花《はな》
室井佑月　作家の花道
室井佑月　ああ～ん、あんあん
室井佑月　ドラゴンフライ
室井佑月　ラブ ゴーゴー
室井佑月　ラブ ファイアー
タカコ・半沢・メロジー　もっとトマトで美食同源！
毛利志生子　風の王国
茂木健一郎　ピンチに勝てる脳
百舌涼一　生協のルイーダさん あるバイトの物語
望月諒子　神の手
望月諒子　腐葉土
望月諒子　田崎教授の死を巡る 桜子准教授の考察
望月諒子　鱈目《たらめ》講師の恋と呪殺。 桜子准教授の考察
森絵都　永遠の出口
森絵都　ショート・トリップ

森絵都　屋久島ジュウソウ
森鷗外　舞姫
森鷗外　高瀬舟
森達也　A3《エースリー》 (上)(下)
森博嗣　墜ちていく僕たち
森博嗣　工作少年の日々
森博嗣　ゾラ・一撃・さようなら Zola with a Blow and Goodbye
森まゆみ　寺暮らし
森まゆみ　その日暮らし
森まゆみ　旅暮らし
森まゆみ　貧楽暮らし
森まゆみ　女三人のシベリア鉄道
森まゆみ　いで湯暮らし
森まゆみ　『青鞜』の冒険 女が集まって雑誌をつくるということ
森瑤子　情事
森瑤子　嫉妬

森見登美彦　宵山万華鏡
森村誠一　壁の目 新・文学賞殺人事件
森村誠一　終着駅
森村誠一　腐蝕花壇
森村誠一　山の屍
森村誠一　砂の碑銘
森村誠一　悪しき星座
森村誠一　黒い神《み》座《くら》
森村誠一　ガラスの恋人
森村誠一　社《しゃ》奴《ど》
森村誠一　勇者の証明
森村誠一　復讐の花期 君に白い羽根を返せ
森村誠一　凍土の狩人
諸田玲子　月を吐く
諸田玲子　髭麻呂 王朝捕物控え
諸田玲子　恋縫

集英社文庫　目録（日本文学）

集英社文庫　目録（日本文学）

山本幸久	はなうた日和
山本幸久	男は敵、女はもっと敵
山本幸久	美晴さんランナウェイ
山本幸久	床屋さんへちょっと
山本幸久	GO!GO!アリゲーターズ
唯川恵	さよならをするために
唯川恵	彼女は恋を我慢できない
唯川恵	OL10年やりました
唯川恵	シフォンの風
唯川恵	キスよりもせつなく
唯川恵	ロンリー・コンプレックス
唯川恵	彼の隣りの席
唯川恵	ただそれだけの片想い
唯川恵	孤独で優しい夜
唯川恵	恋人はいつも不在
唯川恵	あなたへの日々
唯川恵	シングル・ブルー
唯川恵	愛しても届かない
唯川恵	イブの憂鬱
唯川恵	めまい
唯川恵	病む月
唯川恵	明日はじめる恋のために
唯川恵	海色の午後
唯川恵	肩ごしの恋人
唯川恵	ベター・ハーフ
唯川恵	今夜 誰のとなりで眠る
唯川恵	愛には少し足りない
唯川恵	彼女の嫌いな彼女
唯川恵	愛に似たもの
唯川恵	瑠璃でもなく、玻璃でもなく
唯川恵	今夜は心だけ抱いて
唯川恵	天に堕ちる
唯川恵	手のひらの砂漠
湯川豊	須賀敦子を読む
行成薫	名も無き世界のエンドロール
夢枕獏	神々の山嶺《いただき》(上)(下)
夢枕獏	黒塚 KUROZUKA
夢枕獏	ものいふ髑髏《どくろ》
養老静江	ひとりでは生きられない ある女医の95年
横森理香	凍った蜜の月
横森理香	30歳からハッピーに生きるコツ
横山秀夫	第三の時効
吉川トリコ	しゃぼん
吉川トリコ	夢見るころはすぎない
吉木伸子	あなたの肌はまだまだキレイになる スーパースキンケア術
吉沢久子	老いをたのしんで生きる方法
吉沢久子	老いのさわやかひとり暮らし
吉沢久子	花の家事ごよみ 四季を楽しむ暮らし方

集英社文庫

いのちの姿《すがた》 完全版《かんぜんばん》

2017年10月25日 第1刷 定価はカバーに表示してあります。

著　者 宮本《みやもと》 輝《てる》
発行者 村田登志江
発行所 株式会社 集英社
東京都千代田区一ツ橋2-5-10 〒101-8050
電話 【編集部】03-3230-6095
【読者係】03-3230-6080
【販売部】03-3230-6393（書店専用）

印　刷 大日本印刷株式会社
製　本 大日本印刷株式会社

フォーマットデザイン アリヤマデザインストア　マークデザイン 居山浩二

ISBN978-4-08-745644-8 C0195